dtv

Im Jahr 2014 bringt der krisengeschüttelte Buchmarkt auch die Absätze der deutschen Klassiker Goethe und Schiller zum Sinken, deshalb werden die beiden Herren (der eine ist mittlerweile 265 Jahre alt, der andere 255 Jahre) von Verleger Cotta auf eine Lesereise durch den Harz geschickt. Das Motto lautet: »Klassiker zum Anfassen«. Krönender Abschluss soll die Lesung des ›Faust‹ auf dem Brocken sein. Nur widerwillig lässt sich Goethe darauf ein, warten doch in Weimar weitaus wichtigere Geschäfte auf ihn. Umso ärgerlicher, dass sich Kollege Schiller im Umgang mit verspäteten ICEs, überbuchten Hotels, desinteressierten Zuhörern und vor allem auch mit der attraktiven mitreisenden Buchhändlerin deutlich geschmeidiger zeigt. Bei den Lesungen entpuppt er sich als wahre Rampensau und behauptet auch noch, er schreibe seit Neuestem an einem Fantasyroman. Allerdings verschlechtert sich Schillers Gesundheitszustand von Tag zu Tag. Muss man sich Sorgen machen?

Christian Tielmann, geboren 1971 in Wuppertal, hat sich nach seinem Studium der Germanistik und Philosophie als Kinder- und Jugendbuchautor einen Namen gemacht. Seit fast zwanzig Jahren ist er auf Lesereisen unterwegs. An einem der einsamen Abende in der ortsansässigen Pizzeria kam ihm ein Gedanke: Wie würden wohl die beiden größten Klassiker der deutschen Literaturgeschichte solche Reisen wegstecken? Auf Zetteln und Bierdeckeln sammelte er Ideen und Szenen für sein Roman-Debüt.

CHRISTIAN TIELMANN

Unsterblichkeit ist auch keine Lösung

Ein Goethe-Schiller-Desaster

Roman

dtv

Ausführliche Informationen über
unsere Autoren und Bücher
www.dtv.de

MIX
Papier aus verantwortungsvollen Quellen
FSC® C014496

Originalausgabe 2019

Dieses Werk wurde vermittelt durch die Agentur Brauer, München
Umschlaggestaltung: Katharina Netolitzky
Satz: Fotosatz Amann, Memmingen
Gesetzt aus der Minion 11,5/15,5˙
Druck und Bindung: GGP Media GmbH, Pößneck
Gedruckt auf säurefreiem, chlorfrei gebleichtem Papier
Printed in Germany · ISBN 978-3-423-28188-1

Weimar

Wie froh bin ich, dass ich wegkann, dachte Goethe am Sonntag auf dem Bahnsteig in Weimar, wo er einerseits auf den Regionalexpress und andererseits auf Schiller wartete. Dabei hatte er zunächst überhaupt nichts von dieser Reise gehalten, hatte sich mit Händen und Füßen oder genauer mit Aussitzen und Abwarten dagegen gewehrt. Aber Cotta, vertreten durch seine unverschämt junge und unverschämt selbstbewusste Assistentin, deren Namen zu merken Goethe sich als kleine Klassiker-Allüre weigerte, hatte darauf bestanden.

»Wir müssen ein bisschen was für Ihre Bücher tun«, hatte Cotta ausrichten lassen. »Ein bisschen was tun«, dieser Satz kam normalerweise einen Monat vor dem Ramsch-Brief. Schlimmer war nur, wenn der Satz gar nicht erst kam. Dann waren die Bücher gleich auf der Makulatur-Liste und mithin im Schredder gelandet. Alle hatten damit zu kämpfen, dass die Absatzzahlen runtergingen, nun also auch Goethe. Unfassbar. Seine Deutschen kauften den ›Werther‹ und auch den ›Faust‹ nicht mehr, ja, selbst als Pflichtlektüre in den Schulen stand sein Werk mittlerweile zur Disposition. Cotta war in seiner Verzweiflung sogar dazu übergangen, eine Art Bilderbuch zum Götz entwickeln zu lassen. »Graphic Novel« heiße so etwas, hatte er durch seine unmögliche Assistentin ausrichten lassen.

Der ICE von Leipzig rauschte inzwischen jenseits des Ettersbergs weiträumig an Weimar vorüber, um erst in

Erfurt zu halten. Auch so eine Frechheit, dachte Goethe. Uns hier sozusagen aufs nationale Abstellgleis zu verschieben. Er hätte damals eben doch intervenieren sollen, hätte sich diesen Bahnchef mal zur Brust nehmen müssen, oder besser noch seine Frau, falls er eine hatte. Über die Frauen ließ sich meistens viel mehr ausrichten, denn die wirklich großen Entscheidungen fielen nun mal beim Dessert oder im Bett. Und von Frauens verstand Goethe was. Aber er war zu der Zeit nicht besonders interessiert an der Bahn und ihren ausufernden Neubauprojekten gewesen, schließlich hatte man ihm gerade erst den neuen Dienstwagen samt Fahrer vor die Tür gestellt, gesponsert von seinem Freund dem Ministerpräsidenten. Auf den Fahrer konnte Goethe meist verzichten, weil er, sofern er nicht selbst hinter dem lederbezogenen Lenkrad dieser unglaublich breiten, unendlich komfortablen Limousine Platz nahm, den Eckermann fahren ließ. Der könne nicht viel kaputt machen, hatte der Fahrer gesagt, schließlich gebe es für alles und jedes Assistenzsysteme. Nun saß der Fahrer, der arme Tropf, meist auf Abruf im Café gegenüber der Denkmalschutzbehörde, während Eckermann sich mit dem Wagen abmühte. Natürlich haben der Fahrer einerseits und die Maschinenbauer andererseits das Fehlleistungspotenzial des Eckermann bei Weitem unterschätzt. Wie überhaupt alle das eckermannsche Fehlverhaltenspotenzial unterschätzten. Eckermann war es gewesen, nicht etwa er selbst, der die Schrammen und die Beule in den nagelneuen Wagen gefahren hatte. Das hatte er Christiane gegenüber immer wieder betont. Die Einfahrt am Frauenplan war einfach zu schmal und obendrein verwinkelt. Was der großmütige Herzog Carl August nach goetheschen Ideen (und auf Carl Augusts Kosten) für eine Kutsche gebaut hatte, passte eben, Assistenzsysteme hin, Rückfahrkamera her, nicht unbedingt auch für so ein Geschoss von einem Automobil. Darum wollte Goethe sie ja auch ändern lassen, die Einfahrt ins Haus. Das war Teil des größten Umbauvorhabens, das das Haus am Frauenplan seit der klassischen Zeit von Carl August erleben würde. Goethe wollte einen Wintergarten im gehobenen Standard mit Dreifachverglasung, Solarmodulen und Fußbodenheizung, eine gescheite Isolierung der Außenfassade und des Dachs und endlich, endlich eine Einfahrt, die den mangelhaften Fahrkünsten Eckermanns einerseits und der Autorität des Dienstwagens andererseits gerecht werden würde. Diese Einfahrt sollte selbstverständlich mit einem sich automatisch öffnenden und geräuschlos schließenden Rolltor versehen sein sowie einer Illumination der lackierten Oberflächen nach goetheschen Plänen, die das Einfahren als schwebend-sphärisches Spiel erscheinen ließe. Aber Herr Heinrichs von der Denkmalschutzbehörde, mit dem Goethe allein das Gefühl der wechselseitigen Verachtung verband, hatte auf das Thüringer Gesetz zur Pflege und zum Schutz der Kulturdenkmale gepocht, deren Paragraf 13 den dicksten Strich durch Goethes Rechnung mache, den je ein Rechtsstaat einem seiner Bürger gemacht habe. Mit diesen Worten hatte Heinrichs Goethe seine Pläne, versehen mit dem Stempel »abgelehnt«, buchstäblich vor die Füße geworfen. Da kannte dieser Heinrichs Goethen schlecht. Gesetze und

Verordnungen waren inzwischen sein Steckenpferd. Denn sosehr er die Juristerei auch immer gehasst hatte – Gesetze waren nicht so schlimm; man musste nur wissen, wie man sie umgehen oder ändern konnte.

Sein erster Versuch, ausgerechnet einen Knochen wie diesen Heinrichs und seine Kollegen mit Lustreisen in die Toskana zu bestechen, war leider ziemlich gründlich gescheitert. Alles hatte Heinrichs genommen. Nichts wollte er geben.

Das aber hatte Goethe nicht verzagen lassen. Im Gegenteil: jetzt sollten sie bluten. Heinrichs, seine Kollegen und die Steuerzahler. Goethes Haus vor Goethe zu schützen, das war doch an Absurdität nicht zu überbieten.

Er hatte beste Kontakte in die Landespolitik, da war so ein Paragraf 13 in egal welchem Gesetz kein echtes Hindernis. Goethe hatte kurz entschlossen einen kleinen Zusatz erfunden, den Paragrafen 13a des Thüringer Gesetzes zur Pflege und zum Schutz der Kulturdenkmale. Der Kern des Paragrafen war so einfach wie genialisch: Er stellte den Schutz und die Pflege *lebendiger* Kulturdenkmale über den Schutz und die Pflege *nicht-lebendiger* Kulturdenkmale. Und selbstverständlich gab es nur ein einziges *lebendes* Kulturdenkmal: Johann Wolfgang von Goethe! In den zugehörigen Verordnungen sollte dann noch geregelt werden, dass die Kosten für die Erhaltung, Pflege, Erweiterung und Erneuerung nicht-lebendiger Kulturdenkmale durch lebendige Kulturdenkmale in gleichen Teilen von Land und Kommune zu tragen waren. Sein Freund der Ministerpräsident war mit allem einverstanden, solange Goethe ihn erneut im Wahlkampf in der Schulpolitik unterstütze. Denn seine Mehrheit im Landtag war etwas bröckelig, weshalb der Ministerpräsident den goetheschen Zusatz zu Paragraf 13, den er liebevoll »Lex Goethe« nannte, erst nach einer erfolgreichen Wahl in den Landtag einbringen wollte.

Also war Goethe noch einmal für den Freund in den Wahlkampf gezogen.

»Keine Experimente an unseren Kindern!«, hatte er immer wieder in die Kameras und Mikrofone gesagt, und der Ministerpräsident hatte die Goethe-Kommission ins Leben gerufen, die im Grunde nichts tat, aber hochkarätig besetzt war. Das kam erstaunlich gut an beim Volk. Die Umfragewerte schossen hinauf zu einer Zweidrittelmehrheit. Sein Freund der Ministerpräsident, freute sich und versprach ihm jede Unterstützung, die er brauche. Mit Goethe ließen sich Wahlen gewinnen. Und mit seinem Freund dem Ministerpräsidenten ließ es sich Häuser umbauen.

Und Auto fahren.

Goethe war froh, dass ihm diese Lesereise eine kleine Pause von den doch recht anstrengenden Wahlkampfauftritten und den politischen Ränkespielen verschaffen würde. Nur war es ein Jammer, dass er den Wagen nicht nutzen konnte.

»Die Reise steht unter dem Motto: ›Klassiker zum Anfassen‹«, hatte die Assistentin von Cotta schnippisch bemerkt. »Da ist Volksnähe gefragt, Herr Goethe.«

Von Goethe, hatte Goethe innerlich verbessert und bescheiden die multiplen Ehrendoktorwürden und Professorentitel unter den Tisch fallen lassen. Aber dieser Assistentin war nicht beizukommen. Die hielt ihn – das konnte Goethe, der sich auch mit dieser Sorte Frauen leider, leider auskannte, selbst durchs Telefon spüren – für einen eitlen, alten, im Grunde lächerlichen Greis, der nichts zum positiven Verlagsergebnis beitrug. Eine Art Leidenschaft des Verlegers, bar jeder Vernunft, ein Zopf, den man längst hätte abschneiden sollen. Allein schon die Art, wie sie »*Herr* Goethe« sagte! Vermutlich hatte sie noch keine Zeile von ihm gelesen … Aber nein, das war zu viel der Unterstellung. Immerhin war sie die Assistentin von Cotta, und er, Johann Wolfgang von Goethe, war immerhin *der* Klassiker, das größte lebende Kulturdenkmal Deutschlands. Sie hatte mindestens den ›Zauberlehrling‹ in der Schule gelesen – wenn auch, offensichtlich, nicht verstanden. Vermutlich hatte sie den ›Faust‹ im Abitur gehabt und den ›Werther‹ unter der Bettdecke verschlungen. Als Goethe sich Cottas Assistentin unter der Bettdecke vorstellte, fiel ihm Steffi ein. Steffis Rücken. Steffis Bauch. Steffis Arme, Hände und Beine; natürlich … ihre Augen. Steffis Silhouette im Gegenlicht der Toskana, Goethe am Küchentisch sitzend – »Sonnentautropfendes Glück«, hatte er in sein Notizbuch geschrieben und eine Zeichnung gemacht. Es sollte der Beginn eines kleinen Gedichtes werden. Auch das hatte sich dann zerschlagen.

Zu dumm, dass Christiane die Zeile mit der Zeichnung gefunden hatte, nachdem er von seiner italienischen »Dienstreise« mit der Praktikantin der Denkmalschutzbehörde nach Weimar zurückgekehrt war. Nun hing der

Haussegen schief, und Goethe war einmal mehr froh, dass er für ein paar Tage weg sein würde. Er würde Christiane etwas Schönes mitbringen müssen. Ein Collier vielleicht, falls er im Harz so etwas finden könnte. Außerdem hatte er ja aller Voraussicht nach bald den offiziellen Stempel für den Umbau, und dann würde er sie in den Wintergarten setzen. Zwischen die Zitronen und Orangenbäume, nein, nicht noch einen Ginkgo. Das würde sie milde und froh stimmen, und sie würde die Sache mit Steffi bald vergessen, da war sich Goethe sicher. Zur Not würde er eben noch ein neues Gedicht drauflegen. Oder einen Zyklus. Nein, das wäre vielleicht doch ein bisschen viel, würde ein zu schlechtes Gewissen simulieren, die Sache mit Steffi mithin größer erscheinen lassen, als sie Christiane erscheinen sollte.

Wo nur der Schiller blieb? Der würde ihn doch wohl nicht im Stich lassen?

Der Zug wurde von der gesichtslosen Automatenstimme, die ebenso selbsttätig sprach, wie die Türen der Züge sich gewöhnlich schlossen, für Gleis 2 angekündigt.

Von Schiller keine Spur. Zehn Doppellesungen mit Schiller standen auf dem Programm. Vor Schülern. Ausgerechnet. Und er sollte den ›Werther‹ lesen oder den ›Faust‹. Nur an einem einzigen Abend dürfe er Gedichte auspacken. Zum Abschluss würde er noch den kompletten ›Faust‹ lesen. Auf dem Brocken. Zumindest das schien eine größere Sache zu werden.

Niemals hätte sich Goethe auf so eine Ochsentour durch die Schulen der Provinz eingelassen, niemals. Aber Schiller und Cotta waren sich mal wieder einig gewesen. Schiller hatte es angeblich auch ganz passend gefunden, dass sie mit dem Zug reisten. Und dass es kein Honorar für die Lesungen geben sollte, das ging vermutlich auch auf das Konto seines Freundes.

»Herr Goethe, die Schulen im Harz sind pleite«, hatte die Assistentin von Cotta gesagt. »Das müssen Sie bitte verstehen. Und die Absatzzahlen Ihrer Bücher sind ja auch nicht so rosig, da ist ein bisschen Publicity ganz in Ihrem Interesse. Außerdem haben Sie doch eh genug Geld!«

Publicity im Harz … Für wie blöd hielt sie ihn? Sie war durch und durch eine Frechheit, diese Dame. Aber Cotta mochte sie. Wer weiß, was da läuft, dachte Goethe. Der Cotta, die Sau. Dabei hatte er diese Assistentin noch nie gesehen. Immer nur am Telefon gehabt. Und E-Mails natürlich. Unmengen, meist ohne Anrede. Es war schon ein Glück, wenn sie die Betreffzeile ausfüllte.

Der Regionalexpress fuhr ein. Der Wagen der ersten Klasse markiert mit einem gelben Strich. Wo zum Teufel blieb Schiller? Ein paar Jugendliche und ein paar ältere Touristen mit zu breiten Rollkoffern drängelten sich hektisch an Goethe vorbei, um sich einen guten Ausgangspunkt für den Einstieg und die sich anschließende Schlacht um die Sitzplätze zu sichern.

Hören Sie mal!, wollte Goethe sagen. Aber er kannte das Volk. Das Volk war dumm wie das Vieh und würde niemals Anstand lernen. Selbst die härtesten Aufklärer aller Nationen würden dem Volk keinen Anstand beibringen. Nicht mal Schiller. Da konnte er noch so viele Ästhetische

Briefe, Spam-Mails und Blogs verfassen. Und »Hören Sie mal!« hatte Goethe zuletzt zu zwei jungen Männern gesagt, die ihre Notdurft an der Ecke seines Hauses verrichteten, gerade als er nach einem deprimierenden Theaterabend nach Hause gekommen war. Die hätten doch ein paar Meter in die Seifengasse laufen und ans Haus der von Stein schiffen können. Aber sein »Hören Sie mal!« hatte bei diesen Lümmeln nur Kichern und Achselzucken hervorgerufen. Der eine hatte seinen Kumpan gestoßen und gesagt: »Du hast das Goethehaus angepisst! Dabei ist das schon pissgelb.«

Der andere hatte gekichert, und dann waren ein paar Worte aus dem Maul dieses Dummkopfes getorkelt. Es klang wie: »Respektlos. Krass respektlos!«

Volk eben. Unerträglich, letztlich.

Aber Cotta glaubte ja, dass es seinen Büchern guttäte, wenn er sich mehr den Menschen zuwenden würde. Was für ein Blödsinn. Wann war je ein Stück wahrer Literatur entstanden, das nicht in der Einsamkeit der Studierstube geschrieben wurde?

»Schneller, Lotte! Schneller! Wo ist Caroline? Adieu, meine Lieben. Adieu!«

Das war Schillers Organ. Wie immer einen Tick zu laut, einen Tick zu spät und daher, bei allem Pathos, einen Tick zu hektisch. Goethe schob sich in den Wagen, drehte sich nach dem Freund um. Tatsächlich kam er, gefolgt von seinen Frauen, die den Koffer schleppten (manchmal haperte es eben doch ausgerechnet bei seinem Freund mit der Würde), aus dem Aufzug gestürzt, der ihn barrierefrei auf den Bahnsteig gehoben hatte. Schiller blieb stehen, strich das schulterlange, schlohweiße Haar zurück, küsste die geliebten Schwestern und sah über die Köpfe des Volkes.

Goethe winkte.

Schiller grinste.

Charlotte und Caroline schnappten nach Luft.

Der Zugbegleiter pfiff.

Schiller griff sich den Koffer und stürmte plötzlich erstaunlich behände mit wehendem Mantel in den nächstbesten Waggon, eine Tür von Goethes Einstieg entfernt.

Während sich die Türen schlossen, stieg Goethe die Stufen im Innern des Wagens empor zur ersten Klasse. Das Volk quetschte sich in der unteren Etage auf die engen Sitze. Es roch nicht gut, dieses Volk. Es hatte noch nie gut gerochen. Schweiß, Parfum (zu viel vom falschen, wie immer bei Leuten, denen Geschmack einfach abging), Ausdünstungen der letzten Mahlzeiten, selbst Fuß- und Mundgeruch konnte Goethe ausmachen. Es war ekelhaft. Die erste Klasse hingegen war leer und olfaktorisch akzeptabel.

Er nahm Platz und wartete auf seinen Freund und Seelenverwandten. Endlich ein Gespräch unter Männern. Frei von Eifersucht und gekränkter Eitelkeit. Selbst einem Schlagabtausch über die wichtigsten Neuerscheinungen (wer zum Henker konnte noch das »Wichtige« vom »Unwichtigen« unterscheiden?) fühlte er sich einigermaßen gewachsen. Er hatte in den letzten Wochen die Feuilletons von zwei Monaten aufgearbeitet, statt fernzusehen. Das war harte Arbeit gewesen. Jetzt wollte er die Früchte ernten.

Aber Schiller ließ auf sich warten.

Stattdessen erschien ein missmutiger Zugbegleiter, der in barschem Ton die Fahrkarte zu sehen verlangte.

Goethe zog das Kuvert, in dem Cottas Assistentin die Reiseunterlagen geschickt hatte, hervor. Er reichte dem Griesgram das Ticket und sah aus dem Fenster.

»Haben Sie auch noch ein Erste-Klasse-Ticket?«, fragte der Uniformierte mit professionellem Desinteresse.

Goethe sah den Mann an. »Sie halten es in Händen!«

Der Zugbegleiter zeigte Goethe die Fahrkarte. »Das ist ein Ticket für die zweite Klasse.«

Goethe sah den Mann an. Er sah das Ticket an. Zweite Klasse.

»Das muss ein Missverständnis sein«, sagte er.

Der Zugbegleiter baute sich vor ihm auf. »Das sagen sie alle.«

Goethe stellte sich stur. Das konnte nur ein Missverständnis sein. Er zückte sein Mobiltelefon und wählte Cottas Nummer.

Die Assistentin war dran. Natürlich.

Er solle sich nicht so haben. Das habe alles seine Richtigkeit. Zweite Klasse sei volksnäher. Den Zuschlag für die erste Klasse müsse er selber zahlen.

»Nichts werde ich bezahlen!«, herrschte Goethe sie an. »Nennen Sie mir einen Grund, einen, warum ich nicht sofort aussteigen sollte!«

Der Griesgram von einem Schaffner unterbrach ihn: »Es gibt keinen. Sie sollen ja hier raus. Oder Sie lösen den Zuschlag nach!«

»Ich denke nicht dran!«, sagte Goethe.

Die Assistentin zeigte sich gelassen. Cotta habe einen Vertrag mit ihm geschlossen. Und für den Fall, dass Goethe den nicht halten wolle, sei sie angewiesen, ihm die aktuellen Verkaufszahlen auf sein Handy zu schicken. Täglich.

»Ich möchte das eigentlich nicht tun. Aber wenn Sie mich dazu zwingen … Die App ist programmiert. Das geht vollautomatisch. Ich kann das dann auch nicht mehr so leicht stoppen.«

So ein Unfug. Das war ja entwürdigend! Er drückte sie weg, erhob sich und stieg hinab in die zweite Klasse.

Das Rennen um die Sitzplätze hatte Goethe im Grunde schon auf dem Bahnsteig verloren. Schiller hatte dasselbe Schicksal ereilt, aber es schien ihm nichts auszumachen. Er saß auf der Treppe, hatte bereits eine Flasche Wein dekantiert und Freundschaft mit zwei jungen Männern geschlossen.

»Große Reise, Sie und ich! Und Cotta bezahlt uns auch noch dafür!« Er bot Goethe die Flasche an. Noch nicht mal ein Glas.

Wieso bezahlte Cotta Schiller? Goethe wurde nervös. Wurde hier mit zweierlei Maß gemessen? Schiller bekam ein Honorar, Goethe aber nicht? Hatte er etwa das erste Mal in seinem Leben schlecht verhandelt? Noch dazu schlechter als ausgerechnet Schiller? Aber er konnte Schiller unmöglich nach seinem Honorar fragen. Niemals würde ihm diese Frage über die Lippen gehen. Erst recht nicht unter Zeugen.

Die zwei jungen Männer musterten Goethe.

Schiller gab sich volksnah. Ob sich diese Schleimerei in den Niederungen der Bevölkerung in den Absatzzahlen abbilden würde? Wohl kaum. Schiller hatte immer schlechter verdient als er. An Buch und Staat. Aber jetzt bekam er ein Honorar, und Goethe ging leer aus. Und da wagte es dieser Freund, ihm einen Schluck Wein aus der Flasche anzubieten?

Andererseits kannte Goethe das Leben im Feldlager. Als Waschlappen wollte er nicht gelten. Nicht vor Schiller und nicht vor diesen jungen Männern. Also nahm er die Flasche wie ein echter Kerl und trank.

»Na also, Opi. Na also!«, kommentierte einer der jungen Männer.

Respektlos, dachte Goethe. Krass respektlos.

Göttingen

»Heine hat Göttingen schlechter gemacht, als es je war.«

»Wenn Sie mich fragen, hat er es ganz gut getroffen. Wie überhaupt Heine ja ein Meister darin war, alles gut zu treffen. Hat je einer vor oder nach Heine so eine spitze Feder mit einer solchen sprachlichen Brillanz verbunden?«

»Ich mag die Gedichte lieber als die Prosa.«

»Aber diese zeitlose Pfiffigkeit, die ist schon enorm. Wenn man bedenkt, wie alt die Reisebilder sind. Dieser Stil, der ist noch immer so frisch, als wären die Worte gerade erst zum Strauß geschnitten, wenn ich das mal so poetisch ausdrücken darf.«

Dürfen Sie nicht, dachte Goethe.

»Dürfen Sie«, sagte Schiller.

Göttingen war ein Drecksnest. Spieß- und Bildungsbürger verklumpten sich hier fröhlich mit diesen Umweltschützern von der falschen Partei, die es in Thüringen zum Glück kaum gab, zu einem unerträglichen Beamtenkonglomerat mit einer Universität in der Mitte. Einzig die Aussicht auf den Abend im »Bären« mit zwei Ministerpräsidenten, denen der Länder Thüringen und Niedersachsen, stimmte Goethe so milde, dass er zu dem Gewäsch dieser sieben Lehrerinnen und Lehrer schwieg. Sie nannten sich die Göttinger Sieben, sahen so aus, als würden sie zu diesen Umweltschützern gehören (oder zu noch schlimmeren Gruppen, so es diese gab), hatten aber allesamt eins gemeinsam: Sie bewunderten Heinrich Heine. Aber Heine war tot. Tot wie Iffland, Wieland, Herder, die Frau von Stein und die Humboldte. Vor ihnen standen Goethe und Schiller. Die Klassiker. Leibhaftig und lebendig wie eh und je.

Goethe wusste nicht genau, was er erwartet hatte. So eine Art ehrfurchtsvoller Schockstarre vielleicht, ganz sicher eine Eingangsfrage nach dem werten Befinden angesichts des auch für Klassiker doch recht hohen Alters oder was Anstand und Kommunikationstrainer sonst anrieten. Aber auf diesen Wortschwall über Heinrich Heine, von dem er höchstens zwei Zeilen gelesen und selbst die für schlecht befunden hatte, war er nicht eingestellt. Auch in den Feuilletons der letzten Monate war kein Buch von oder über Heine besprochen worden. Jedenfalls konnte er sich an keines erinnern.

Die Namen der Sieben konnte sich Goethe unmöglich merken. Er versagte beim ersten Versuch und merkte sich stattdessen Eigenschaften. Da war der Jäger mit der grünen Hose, der Kaktus mit dem stacheligen Bart, der schweigende Fisch mit den Glupschaugen und dann die Frauen: die halbe Professorin mit dem Schwerpunkt »Romantik«, die Physikerin, die sich nur um die Kasse der Sieben kümmerte, die Lyrik-Heulsuse und die lustige Handarbeitslehrerin mit den Brüsten, die ihn an die hängenden Gärten der Semiramis erinnerten. Nein, das war nicht nett. Das war unfair. Nur weil er aus diesem stinkenden Regionalexpress in ein stinkendes Taxi gestiegen war, was seine Laune weiter gedrückt hatte, musste er diese Menschen nicht gleich so niedermähen. Im Grunde waren sie nett und aufgeweckt, sie hatten ein Literaturfestival organisiert, und über der Fußgängerzone hing dieses Banner: »Klassiker zum Anfassen!«

»Wir hatten auch überlegt, ob wir zwei Banner machen, eins mit der Aufschrift ›Goethe kommt‹ und eins mit ›Schiller kommt‹.«

»Hübsche Idee«, sagte Goethe.

»Ja, aber das klingt so nach Wahlkampf«, sagte der Kaktus. »Und das wollten wir im Augenblick vermeiden. Sie verstehen schon, so kurz vor den Wahlen in Thüringen.«

»Für mich klingt das eher nach Sex«, kicherten ausgerechnet die hängenden Gärten der Semiramis. Wer hätte das gedacht?

Schiller lachte schallend und nahm dieses Weltwunder in den Arm.

So zogen sie durch die Fußgängerzone auf das Rathaus zu. Goethe wurde vom Jäger und der halben Professorin eingekeilt. Die anderen gruppierten sich um den lachenden Schiller.

Immerhin, dachte Goethe, als er bemerkte, dass die paar Passanten, die sich an einem Sonntagnachmittag in die Göttinger Innenstadt verirrt hatten, stehen blieben, um zu sehen, wer da durch die Stadt lief. Immerhin.

»Haben Sie die Reiseroute schon studiert?«, fragte der Jäger.

Goethe nickte. »Steht ja alles in den Unterlagen von Cotta.«

Der Jäger grinste in sich hinein. »Ja, aber ist Ihnen nichts aufgefallen?«

»Sie meinen den ›Faust‹ auf dem Brocken? Ich freue mich sehr darauf«, log Goethe. Tatsächlich hatte er Lampenfieber wie ein kleiner Junge vor dieser gewaltigen Veranstaltung am Freitag. Zum Glück würde es der Abschluss werden, sodass er sich gleich danach ins Hotel im Ilsetal zurückziehen oder, wenn es ganz schlecht lief, schon nach Hause fahren könnte.

»Tausendfünfhundert Karten sind schon weg. Wir werden noch etwas anbauen«, sagte der Jäger. »Alle wollen Sie noch einmal hören.«

Goethe nickte. Und er wurde etwas ruhiger. Zwei alte Frauen entdeckten Schiller. Klar, der war einfach zu groß gewachsen und machte ja auch immer einen ziemlichen Radau mit seinem lauten Organ. Dann aber sahen sie auch Goethe, zeigten mit dem Finger auf ihn, stießen sich an und kicherten wie schüchterne kleine Mädchen. Egal, wie alt die Schachteln waren, dieses Kichern hellte Goethes Laune merklich auf. Und mit dem vertrauten Ton freudiger Weiblichkeit im Ohr erschien ihm ganz Göttingen nicht mehr so übel. Irgendwie waren sie doch nett, diese Göttinger. Und so dämlich konnte eine Stadt mit einer so alten Universitätsgeschichte ja gar nicht sein. Irgendwo zwischen den Straßen hing der Geist und strahlte auf die Bewohner ab. Die konnten sich kaum wehren. Nein, im Grunde war Göttingen immer eine seiner Lieblingsstädte in deutschen Landen gewesen. Hier hätte er studiert, wenn der Vater ihn gelassen hätte. Hier und nicht in Leipzig.

Schiller bemühte sich mit heftigen Scherzen, die er mit ausladenden Bewegungen seiner langen Arme unterstrich, aus der Umklammerung der Semiramis zu befreien. Allein: Die Dame schien wie eine Fliegenfalle zu sein, aus der kein Entrinnen mehr möglich war. Goethe fühlte sich mit einem Mal sicher und geborgen zwischen seiner halben Professorin und dem Jägersmann.

»Sehen Sie mal, was meine Studenten sich ausgedacht haben«, sagte die halbe Professorin. Sie zeigte Goethe eine Postkarte. Ein gelbes Ortsschild von Göttingen. Nur dass es bearbeitet war zu »Goethingen«.

»Lustig«, lobte Goethe und dachte bei sich: Welch trefflicher Scherz!

Auf dem Platz vor dem Rathaus tobte eine ausgelassene Klasse von Schülern. Allesamt ziemlich klein, keine zehn Jahre alt, schätzte Goethe grob.

»Sind das unsere?«, fragte er.

Der Jäger nickte. »Ist das nicht toll? Zweihundert Grundschulkinder und ihre Eltern werden heute kommen, um Sie zu hören.«

»Grundschule?«

»Von der ersten bis zur vierten Klasse, die sind aber pfiffig. Und sie kommen sogar an einem Sonntag!«, begeisterte sich der Jäger.

»Weil sie müssen«, fügte die halbe Professorin etwas realistischer hinzu.

»Was soll ich denen denn erzählen?«, fragte Goethe.

Der Jäger blieb kurz stehen. Er sah Goethe an. Sehr ernst plötzlich und mit diesem Vorwurf im Blick, den Goethe nur von seiner eigenen Mutter und Charlotte von Stein kannte und der ihn irgendwie an einer Stelle traf, auf die sich ein Lindenblatt gelegt haben musste, als er seine Seele im heißen Blut seines Genius gebadet hatte.

»Sie haben doch unser Konzept gelesen, oder?«

Goethe sah zu Boden und nickte. Natürlich hatte er es nicht gelesen. Es war Wahlkampf; er musste seinem Ministerpräsidenten unterstützen, wo er nur konnte. Hatte pausenlos über menschliche Bildungseinrichtungen schwadroniert. War im Fernsehen und im Netz aufgetreten. Ferner war er mit Steffi beschäftigt gewesen. Obendrein wollte er im Grunde ja einen neuen Roman oder wenigstens ein Drama schreiben; stattdessen hatte er den Paragrafen 13a, die Lex Goethe, entworfen. Kurz: Er hatte kein Konzept der sieben Göttinger Oberlehrer gelesen. Natürlich nicht.

»Die Route, die Reise, die Literaturgeschichte, Ihre Geschichte und die kulturelle Bildung für die Schülerinnen und Schüler. Wissen Sie nicht mehr?«, fragte der Jäger. »Sie lesen heute den ›Werther‹ für Grundschulkinder! Das Education-Programm ist unser Schwerpunkt im Konzept der ›Klassiker zum Anfassen‹. Darauf haben Sie sich doch vorbereitet, oder?«

»Ach, wenn es nicht läuft, lesen Sie eben, was Sie wollen oder was die Lehrer vor Ort für das Beste halten«, fügte die halbe Professorin hinzu. Unterrichtete die echt Romantik? Realismus schien ihr viel näher zu sein, dachte Goethe und bemühte sich nach Kräften, dem Jäger nicht in die Augen sehen zu müssen.

Wenn dieser Lehrer nicht sofort aufhörte, so zu gucken, dann würde Goethe sein Gesicht verbergen müssen.

»Klar. ›Werther‹«, sagte Goethe. »Aber für diese Kinder?«

Nun frohlockte der Lehrer, und auch der Kaktus mischte sich ein.

»Das ist ja das Neue, das ist ja das Frische an den ›Klassikern zum Anfassen‹«, jubelte der Jäger.

»Wir zeigen den Kindern Bilder für Erwachsene, wir nehmen sie mit in Konzerte für Erwachsene«, fasste der Kaktus korrekt und sachlich zusammen. »Warum also nicht auch Literatur für Erwachsene?«

»Weil sie nichts verstehen werden«, warf Schiller ein, der es inzwischen geschafft hatte, sich aus der Umklammerung durch die Fliegenfalle zu befreien. Goethe war das erste Mal richtig froh, dass er seinen Freund bei dieser Reise dabeihatte.

Aber die halbe Professorin beendete die Diskussion mit dem etwas verblüffenden Argument: »Ach, Herr Schiller, die Kinder verstehen doch eh nichts. Egal, was Sie denen vorlesen. Die meisten hören doch noch nicht mal richtig zu.«

Goethe schluckte. Dann schoben sie ihn durch die Schülermasse auf die Stufen des Rathauses zu.

Der Wappensaal des Göttinger Rathauses war reich bestuhlt. Zweihundert Schüler plus Eltern und Betreuer. Auf dem Podium zwei Stühle, ein Tisch, zwei Mikrofone. Als Goethe Schiller Richtung Bühne folgte, blieb sein Freund am Büchertisch, der linker Hand aufgebaut war, stehen und begrüßte die Buchhändlerin. Goethe wusste nie so recht, was er mit diesen bemitleidenswerten Gestalten, die versuchten, vom Verkauf seines geistigen Eigentums ihren

Lebensunterhalt zu bestreiten, bereden sollte. Letztlich waren es Cottas Knechte, und der Knecht wurde von einem Goethe normalerweise ignoriert – zumal wenn es seine verdammte Aufgabe war, mehr Goethe zu verkaufen und nicht Jahr für Jahr weniger. Schiller war da nicht so schüchtern und schien mit der Dame gleich in ein vertrauliches Gespräch zu versinken, während Goethe sich vor den auf ihn zubaumelnden hängenden Gärten auf das Podium in Sicherheit brachte.

Ihm war ein bisschen übel. Dieser Wein am Vormittag, der war nicht gut gewesen. Er suchte in seiner Tasche nach dem ›Werther‹. Den konnte er im Grunde auswendig. Aber er hasste ihn. Hätte er doch diesen Kitsch niemals geschrieben. Andererseits zog er noch immer. Jedenfalls bei den Lesern, die im entsprechenden Alter waren. Und wenn mit den Abituraufgaben auch in diesem Jahr alles glattlaufen würde, könnte ihm der ›Werther‹ zumindest den gescheiterten Bestechungsversuch, diese lustlose Lustreise in die Toskana, die er dem verstockten Heinrichs und seinen unsinnlichen Kollegen von der Denkmalschutzbehörde spendiert hatte, refinanzieren. Aber was fingen Kinder schon mit Liebe und Selbstmord an?

»Brauchen Sie noch etwas? Beamer oder Leinwand wären auch da.« Der Jäger trat zu ihm.

»Nein, nein, nur ein Schluck Wasser und ich bin parat.«

Er hatte schon viele Lesungen hinter sich gebracht. Schöne und nicht so schöne. Aber vor zwanzig Jahren hatte er beschlossen, diesen Teil seiner Existenz als öffentliches Kulturdenkmal herunterzufahren. Daher fühlt er sich doch etwas eingerostet. Andererseits. Dieser Blick auf die noch leeren Stuhlreihen, dieses leichte Kribbeln in seinem gewaltigen Bauch – das kannte er. Das liebte er. Das waren eben doch noch immer die Bretter, die die Welt – ach nein, der Spruch war von Schiller.

Die Heulsuse brachte ihm ein Glas, stellte ein zweites auf Schillers Seite des Tisches und eine Flasche sprudelndes Wasser dazwischen.

Kohlensäure.

Goethe lag eine Bemerkung auf der Zunge. Aber er schluckte sie herunter. Für heute hatte er genug gemault. Am Ende würden die sich noch bei Cotta oder, schlimmer noch, bei dessen Assistentin über ihn beschweren, und das war das Letzte, was Goethe im Augenblick gebrauchen konnte.

Als sich die Türen öffneten und die Schülermasse sich in den Wappensaal erbrach, schreiend um die Plätze in der ersten und der letzten Reihe balgend, beschlich Goethe ein ungutes Gefühl.

»Wie froh bin ich, dass ich weg bin!«, murmelte er leise. Das war der Satz, mit dem er starten wollte. Gewöhnlich war er fast mitgesungen worden, dieser erste Satz seines Romans. Genialisch durch und durch, gleich mit dem Weg-Sein, dem Aus-der-Welt-Sein des Helden zu beginnen, somit auch den Leser vor den Kopf und mithin in die Geschichte stoßend. Negative Bestimmungen erzeugten eben immer noch die größte Spannung.

Schiller winkte ihm. Goethe sollte zu ihm kommen. Was gab es denn so Wichtiges? Goethe verließ das Podium noch einmal, während die Schüler lauter und lauter lärmten. Klein waren die in der ersten Reihe. Wohl eher sechs als sieben Jahre alt, und wenn Goethe in diese gespannten und zum Teil auch ziemlich verschlafenen Gesichter sah, dann war ihm klar: Das konnte nur grandios in die Hose gehen.

»Wir müssen hier unbedingt …«, rief Schiller gegen den Lautstärkepegel der Schüler. Aber weiter konnte Goethe seinen Freund nicht verstehen. Denn nun trat der Jäger mit der grünen Hose auf das Podium.

Die Schüler verstummten. Ihre tuschelnden Eltern nur zum Teil. Handykameras wurden gezückt und in absurden Posen, die Goethe an giraffenartige Auswüchse aus ehemals menschlichen Körpern erinnerten, in die Höhe gereckt. Es blieb unruhig im Saal.

Der Jäger begrüßte das Publikum, auch im Namen einer Bank, die Geld gegeben hatte – schon wieder Geld. Das gibt es doch gar nicht, dachte Goethe. Hier war sogar eine Bank beteiligt. Wer kassierte das alles? Schiller? Oder die Veranstalter selbst? Waren diese Göttinger Sieben am Ende eine ausgemachte Räuberbande? Er sah zu Schiller. Der grinste zufrieden vor sich hin. Klar, der mochte Räubergeschichten.

Ermanne dich, dachte Goethe, als er sich in so weinerlich-weibischer Verfassung bemerkte. Das war wenigstens ein Zitat seiner selbst. Und so zog er sich am eigenen Schopf aus dem Sumpf.

Man sollte Oberlehrern, Professoren und Pastoren ohnehin lieber nicht zuhören. Das hatte er schon bei mehr als einer Verleihung von Preisen und Ehrendoktorwürden gedacht. Da bekam man dann den goldenen Bembel um den Hals gehängt, während irgendjemand in einer meist nicht selbst geschriebenen Laudatio haltlosen Unfug über das Werk und den Dichter verbreitete. Als Lob getarnte Nachttöpfe voller geistigem Unrat waren das, und man konnte nichts dagegen tun. Realistisch betrachtet.

Der Jäger redete und redete. Erzählte wieder von diesem Heinrich Heine. Was die nur alle mit dem Heine hatten? Der war kein Klassiker. Der war zu jung. Zu wenig elegisch. Zu tot. Endlich wechselte er den Ton und kündigte freudig erregt die zwei größten lebenden Dichter deutscher Zunge an.

»Und nun begrüß mit mir: Johann Wolfgang Goethe und Friedrich Schiller!«, rief der Jäger.

Von Goethe, dachte Goethe. Außerdem wäre tosender Applaus angebracht gewesen, als er, gefolgt von Schiller, aufs Podium trat. Aber die Göttinger Kinder klatschten nur artig und ihre Eltern gar nicht, da sie ja eine Hand durch die in die Höhe gereckten Handys blockiert hatten. In den ersten Reihen saßen die Kinder. Weiter hinten ihre Eltern und Lehrer.

Es wurde ruhig im Wappensaal. Nahezu. Die aufblühende Stille wurde jäh durchbrochen durch das scharfe Knistern, als ein Junge in der ersten Reihen den Klettverschluss seiner Schuhe öffnete. Er zog seine Schuhe allerdings nicht aus, sondern schloss sie sofort wieder.

Goethe begann zu lesen.

Er hatte noch keine halbe Seite geschafft, als es mit der Ruhe vorbei war. Ein paar Mädchen begannen zu kichern.

Andere flüsterten. Der Junge mit dem Klettverschluss öffnete diesen wieder und schloss ihn sogleich, aber nur um ihn noch einmal zu öffnen.

»O was ist der Mensch, dass er über sich klagen darf!«, rief Goethe in den Saal und sprach sich selbst aus der Seele.

»Boah, Noah, halt doch mal die Schnauze!«, rief da ein Mädchen.

»Selbst Schnauze!«, keifte Noah zurück.

Ein Kind links außen hob den Arm. Goethe tat so, als hätte er es nicht gesehen, und las weiter.

Der Klettverschluss ratschte wieder auf.

Goethe schwitzte. Er las eisern, sah am Ende jedes Satzes auf die Uhr. Zwanzig Minuten hatten sie vereinbart. Da mussten sie jetzt durch. Die Kinder im Publikum, ihre Eltern, vor allem aber er selbst. Und es waren noch keine drei geschafft. Goethe öffnete die Flasche mit dem sprudelnden Mineralwasser, ohne vom Buch aufzusehen.

»Pssst!«, zischten die Eltern oder Lehrer unisono mit der Sprudelwasserflasche.

Goethe sprach unwillkürlich etwas leiser. Dabei hatte die Aufforderung vermutlich gar nicht ihm gegolten. Sondern diesen Rotzlöffeln und dem Kletterverschlussjungen. Der aber sah verträumt auf die Wappen, die hinter Goethe an der Wand hingen, hielt immerhin den Mund, aber eben nicht den Klettverschluss.

»Ich weiß nicht, ob täuschende Geister«, las Goethe.

»RATSCH«, übertönte der Klettverschluss die Worte »um diese Gegend schweben«. Von hinten rechts kam wieder ein »Pssst!«, das sich sehr schön über Goethes »himmlische Phantasien in meinem Herzen« legte, während das Mädchen linker Hand nun wie wild mit den Fingern schnippte.

»… paradiesisch macht«, schloss Goethe, was wiederum von einem lautstarken »RATSCH« übertönt wurde.

Über die Zulassungsbedingungen von Klettverschlüssen im Schulalltag würde Goethe auch noch mal mit dem Ministerpräsidenten reden, wenn der am nächsten Sonntag mit seiner Zweidrittelmehrheit wiedergewählt würde. Da ließen sich doch bestimmt ein paar Gesundheitsvorschriften erfinden, die diese elenden Verschlüsse für Kindermoden untersagten. Sollten sie doch lernen, eine Schleife zu binden. So wie er es gelernt hatte. Und der Schiller. Und vermutlich sogar dieser Heinrich Heine aus Düsseldorf!

Es waren keine zehn Minuten geschafft, Werther hatte Lotte noch nicht einmal gesehen, die Kinder verstanden garantiert nicht, wovon die Geschichte überhaupt handelte, mal abgesehen von Klettverschlüssen, und Goethe war schweißgebadet. Er verfluchte sie alle: Cotta, seine Assistentin, die dieser Sauhund von einem verfetteten Verleger garantiert vögelte, bis der Kuckuck pfiff, falls man so sagte, aber wenn Goethe so sagte, dann sagten ja früher oder später auch seine Deutschen so, die er ebenfalls verfluchte, weil sie seine verfluchten Bücher nicht mehr haben wollten. Er verfluchte die Göttinger Sieben, dieses Festival und sogar sich selbst. Er hatte genug. Er war alt. Er war Klassiker. Er war unsterblich. Er hatte alles erreicht. Warum zum Teufel hatte er dieser Lesereise zugestimmt? Hätte er wenigstens das »Konzept« der sieben Oberlehrer gelesen. Vielleicht hätte er dann noch rechtzeitig mit klugen Argumenten oder faulen Ausreden absagen können. So aber saß er hier auf diesem heißer werdenden Stuhl. Außerdem hätte er die Sache mit Steffi vielleicht doch besser vor Ort in Weimar mit Christiane klären sollen, anstatt sich der Auseinandersetzung durch diese Lesereise zu entziehen.

Ermanne dich, dachte er wieder. Er streckte den Rücken durch, trank ein paar Schlucke des blubbernden Wassers und blätterte einige Tage vor. Er wollte mit der Begegnung Lotte–Werther weitermachen. Das Mädchen links schnippte nun pausenlos. Er konnte sie nicht weiter ignorieren. Brach ab. Sah sie an. Das Kind hatte Tränen in den Augen. Das tat Goethe leid. Was um Himmels willen war da los?

»Ja, bitte?«, sagte er und nickte der Kleinen zu.

»Ich muss mal!«, jammerte das Mädchen.

Goethe hielt hilflos nach dem Jäger, der halben Professorin oder wenigstens der Heulsuse Ausschau. Jetzt rächte es sich, dass er sich ihre Namen nicht gemerkt hatte. Er konnte ja schlecht nach den hängenden Gärten der Semiramis rufen lassen. Aber sosehr er auch guckte, niemand der Sieben schien im Saal anwesend zu sein, um sich des armen Mädchens mitsamt seinem Pipi-Problem anzunehmen. Selbst die Buchhändlerin, die Goethe erst jetzt in ihrer vollen Pracht wahrnahm, zuckte entschuldigend mit den formvollendeten Schultern.

Um die wollte er sich später noch bemühen, dachte Goethe. Im Augenblick aber war das Pipi-Mädchen dran.

»Dann geh doch eben«, sagte Goethe, der merkte, dass er aufstoßen musste. Dieses Sprudelwasser. Das war der Fluch der Menschen auf dem Podium. Er unterdrückte die massiv aufsteigende Luft mit seinem eisernen Willen.

»Oje«, flüsterte Schiller neben ihm. »Nicht allein gehen lassen!«

Aber es war schon zu spät. Das Mädchen rannte los, und kaum war es weg, standen die nächsten Kinder auf.

»Ich muss auch mal!«, riefen einige Mädchen und Jungen und rannten hinter dem Mädchen her.

Die anderen waren da kaum noch zu halten.

Goethe schaute auf die Uhr. Vierzehn Minuten hatte er geschafft. Im Grunde lächerlich. Aber unter den gegebenen Umständen eine Leistung. Wenn er jetzt die Meute noch pinkeln ließ, dann wäre seine Zeit abgelaufen. Das fand er ganz attraktiv.

Aber nun schaltete sich eine Erwachsene aus den hinteren Reihen ein.

»So geht das nicht, Leute!«, schimpfte sie auf die Kinder ein, was sie sofort als Lehrerin offenbarte. »Ihr solltet doch zuhören. Und vorher auf die Toilette gehen!«

»Von mir aus gehen jetzt alle, die müssen«, sagte Goethe im Bemühen, freundlich zu sein.

Der Blick der Lehrerin hätte ihn fast getötet. Aber die Schüler waren nun selbst für diesen Drachen nicht mehr zu halten. Die Sache war gelaufen.

»Machen Sie sich nichts draus, lieber Freund! Pipi-Müssen ist bei Kindern unter zehn ansteckend.« Schiller klopfte ihm auf die Schulter.

Das hätte er nicht tun sollen. Schiller hatte seine Worte laut und deutlich in das vor ihm stehende Mikrofon gesprochen, weshalb es still im Saal geworden war. Durch das Klopfen auf den Oberkörper des Dichterfürsten brach sich die Kohlensäure Bahn, sodass Goethe vernehmlich ins Mikrofon rülpste.

Die Schüler, die noch saßen, lachten schallend. Die übrigen suchten das Weite in Gestalt des Aborts.

So plötzlich, wie die sieben Oberlehrer verschwunden waren, so plötzlich tauchten sie auch wieder auf. Der Tumult legte sich, als der Jäger ans Mikrofon trat und verkündete, dass Goethes Vortrag nun beendet sei. Einige Eltern ließen endlich die Handys sinken und applaudierten brav. Die Kinder redeten wirr durcheinander, bis Schiller abermals das Wort ergriff.

Goethe lehnte sich zurück und wünschte seinem Freund innerlich viel Glück. Er wusste gar nicht, was der eigentlich lesen wollte. Einen Roman hatte er ja nicht auf Lager. Oder doch? Schiller war nach wie vor beneidenswert produktiv. Angesichts seiner horrenden Ausgaben für allerlei Pillen und Alkoholika sowie seiner weitverzweigten Familie, deren Mitglieder Schiller immer wieder aufs Großzügigste mit Geld unterstützte, das er nicht hatte, blieb ihm schon aus finanziellen Gründen kaum etwas anderes übrig. Gesundheit und Sparsamkeit waren Schillers Sachen nie gewesen.

»Eitelkeit und bittre Not, das ist es, was uns antreibt«, hatte er Goethe erst vor Kurzem gestanden.

Goethe blieb auf dem Podium sitzen und entspannte

sich allmählich. Das war die schlimmste Lesung seines Lebens gewesen. Und es war die erste, die er vor Kindern gehalten hatte. Eine ganze Woche, randvoll gefüllt mit Kinderlesungen stand ihm noch bevor. Dieser Gedanke ließ Goethe kurz erschaudern. Er musste sich etwas überlegen. Entweder las er das Konzept erst und warf es dann über den Haufen, oder er warf es gleich über den Haufen. Was sollte ein Goethe mit Kindern anfangen? Und was sollten diese Kinder mit den Klassikern anfangen? Das war nichts für Kinder. Kinder waren zu dumm und unerfahren für ihn und Schiller. Schon immer gewesen.

Ein helles, fröhliches Lachen riss Goethe aus seinen Gedanken. Es war von der Seite gekommen. Die Buchhändlerin.

Goethe sah zu ihr hinüber. Und erst jetzt wurde er ihres vollen Glanzes gewahr. Wie hatte er nur an dieser Gestalt vorbeilaufen können? Wie hatte er, ausgerechnet er, eine solche Erscheinung nicht sofort bemerken können? Doch dann fiel es ihm wieder ein: Die hängenden Gärten. Natürlich. Vor denen war er schleunigst auf das Podium geflohen, und Schiller hatte sich gleich am Buchhandelstisch zu schaffen gemacht.

Verständlicherweise, denn hinter diesem Büchertisch stand ein wahrer Engel. Wie sie da stand. Ihre Bücher vor sich ausgebreitet, als wären es Kinder, seine und Schillers Babys, um die sie sich kümmerte, wie eine Amme. Bücheramme. Diese Schultern. Diese Haltung. Und dann dieser Blick. So voller Zuneigung und bedingungslosem Vertrauen, ja selbst ein leises Versprechen machte Goethe in diesen sternklaren Augen der Buchhändlerin aus. Sie schien nur Augen für ihn zu haben. Klebte förmlich an seinem Gesicht.

Goethe spürte, wie seine Anziehungskraft in ihm erwachte. Die Kinder im Publikum würden ihn wohl auf ewig hassen und sich höchstens des Aufstoßens erinnern. Aber die Frauen, die würden ihm auf ewig erliegen. Er lächelte ihr so vertraulich und unauffällig zu, wie es seine exponierte Stellung auf der Bühne neben Schiller zuließ. Seine schwarzen Augen. Die hatten es ihr offenbar angetan. Perfekt. Auf einige seiner Körperteile war eben noch immer Verlass. Und das nach diesem missratenen Auftritt. Nichts konnte ihn so sehr trösten wie junge Damen, bei denen sein reifer Charme noch zündete. Mit seinen Augen hatte er auch Steffi in die Toskana gelockt – mit seinen Augen und der Andeutung, dass sie mit seiner Hilfe Karriere in der Denkmalschutzbehörde machen könne.

Für den Abend war er mit zwei Ministerpräsidenten zum Essen verabredet. Die Buchhändlerin würde er mitnehmen. Das würde Eindruck schinden, keine Frage. Sie war so gut wie sein, vermutlich sogar ohne die Anleihe bei der hohen Politik. Aber sicherer war es allemal. Er fragte sich schon, ob er mit diesen Knöpfen klarkommen würde, später im Hotel, wenn er Hexameter auf ihren Schenkeln klopfen wollte. Denn seine Fingerfertigkeit nahm nicht gerade zu mit dem Alter. Diese Klettverschlüsse hatten eben doch etwas für sich. Aber als Goethe sich vorstellte, wie dieses grässliche »RATSCH« einen erotischen Vor-Höhepunkt, sozusagen das Mittelgebirge der erotischen Eroberung, markieren und somit jedwede Romantik schlagartig zunichtemachen würde, musste er fast lachen.

Der Engel lachte in diesem Augenblick auch, die Kinder ebenso, und das verunsicherte Goethe gewaltig.

Was gab es denn so Komisches? Konnten sie seine Gedanken lesen, ehe er sie aufgeschrieben hatte?

Jetzt erst drehte sich Goethe zur Seite und horchte auf das, was sein Freund und Seelenverwandter da eigentlich trieb.

Schiller war längst von seinem Platz aufgestanden und saß lässig auf dem Tisch. Das Mikrofon in der Rechten, gestikulierte er wild mit seinem schlaksigen linken Arm, strich sich immer wieder die wallenden weißen Haarsträhnen zurück und las gar nichts vor. Er erzählte den Kindern einfach eine Geschichte.

Eine Räubergeschichte.

Ausgerechnet. Diese Geschichte hatte Goethe doch schon 1788 bei ihrem ersten Treffen, im Beisein der lengefeldschen Schwestern Caroline und Charlotte, um die sein späterer Freund sich damals werbend bemühte, als abgedroschene, nicht mehr zeitgemäße Klamotte abgeschossen. Was fanden seine Deutschen nur an diesem pubertären Unsinn so toll? Keine Anmut, keine Größe, nur Gedengel. Das taugte nicht. Das hatten sie doch seit mehr als zweihundert Jahren hinter sich! Aber diese Kinder, die hörten ihm gespannt und aufmerksam zu. Selbst der Klettverschluss-Junge saß mit offenem Mund da und vergaß, an seinen Verschlüssen rumzufummeln.

Aber als Schiller sich auf den Rand des Podiums setzte

und Goethe sich abermals der Buchhändlerin zuwandte, erkannte er die ganze Wahrheit. Noch immer war ihr Blick voller Liebreiz – aber er galt mitnichten Goethe.

Sie hatte nur Augen für Schiller. Und was tat der Schuft? Er zwinkerte ihr vertraulich zu, als er sein eigenes Stück in den Schmutz der Lächerlichkeit zog. Hatte der Kerl denn allen Anstand zu Hause gelassen? Der hatte doch schon zwei Frauen! Wollte er jetzt etwa auch noch eine Affäre mit einer Buchhändlerin beginnen? Und das bei seinem Gesundheitszustand, der ihm noch nicht mal das Tragen eines Koffers zu erlauben schien?

Na, das wollen wir doch mal sehen, dachte Goethe. Das wollen wir doch mal sehen, mein lieber Freund.

Abwarten. Abwarten und lauern. Darauf verstand sich Goethe. Sich bereithalten wie ein Panther zum Sprung.

Schiller heimste Applaus ein. Als tosend würde Goethe den nicht bezeichnen, aber ordentlich war er schon, das musste er dem Freund lassen. Und die hinteren Reihen, die mit den Erwachsenen, ja, die standen sogar. Mehr oder weniger.

Dann waren noch Fragen dran. Wie sie auf die Idee gekommen seien, Bücher zu schreiben, wollte ein Mädchen aus der dritten Reihe wissen.

»Als Knaben hatten wir eine sonntägliche Zusammenkunft«, erzählte Goethe. »Wo jeder selbst gedichtete Verse vortrug. In diesem Kreis erkannte ich mein Talent: Meine Gedichte waren einfach immer die besten.«

Goethe wollte dies genauer ausführen. Wollte davon erzählen, dass auch die anderen Knaben ihre Gedichte für die jeweils besten gehalten hatten. Wollte noch anfügen, dass ihn Zweifel am eigenen Talent gekommen seien und er sich deshalb dem objektiven Urteil von Eltern und Lehrern gestellt habe, die seine Verse ebenfalls ganz, ganz toll fanden. Er wollte sozusagen berichten, wie er schon in jungen Jahren auf sein Genie aufmerksam wurde. Aber die Schüler der ersten zwei Reihen hörten nicht mehr zu, und das Mädchen, das die Frage gestellt hatte, war längst mit seiner Nachbarin beschäftigt. Die Erwachsenen hingegen runzelten die Stirn, und irgendwoher zischte der scheußliche Ausdruck »Angeber« durch den Wappensaal. Daher beließ er es bei dieser knappen Antwort, zumal sich die halbe Professorin in der letzten Reihe wild winkend zu Wort meldete.

Goethe erteilte ihr mit einer großmütigen Geste das Wort. »Und Sie, Herr Schiller?«

Schiller sah kurz in die Runde, bis es mucksmäuschenstill im Saale war. »Wie ich zum Dichter wurde?« Er schmunzcltc. »Ich war jung und ich brauchte das Geld.«

Das hatte Goethe anders in Erinnerung. Aber das glockenhelle Lachen von rechts brachte ihn aus der Fassung. Diese Glocke klingelte für Schiller. Nicht für ihn. Aber noch war der Tag nicht gelaufen. Noch hatte Goethe seine Trümpfe nicht ausgespielt. Zwei Ministerpräsidenten. Zwei! Und der reife Charme seiner dunklen Augen. Da konnte der blauäugige Schiller mitsamt seiner weißen Sauerkrautmähne nicht mithalten. Die Knöpfe und was sie verbargen, waren sein. Sollte der Seelenverwandte doch den Clown geben. Sollte er ruhig die Lacher haben. Goethe wollte die Frau.

Es folgten einige ganz erstaunliche Fragen.

»Wie alt sind Sie?«

»Zweihundertsiebzig«, antwortete Goethe.

»Wollen Sie nicht mal aufhören zu schreiben?«

»Erst wenn ich tot umfalle.«

»Wann wird das sein?«

»Keine Ahnung«, schaltete sich Schiller ein. »Wir sind selbst erstaunt, dass wir noch leben.«

Die Erwachsenen lachten. Die Kinder wunderten sich. Aber nur die Hälfte der Kinder, die zugehört hatte.

»Haben Sie Kinder?«

»Und wie!«, rief Schiller. »Außerdem Enkel, Urenkel, Ururenkel und so weiter. Eine Bande, die es faustdick hinter den Ohren hat!«

Goethe schwieg zu dieser Frage. August war schon vor langer Zeit gestorben. Die Enkel auch. Mit Christiane würde er keine neuen Goethes mehr zeugen. Und Steffi … Goethe seufzte leise.

»Können Sie mir ein Buch signieren?«, fragte schließlich noch eine Lehrerin.

»Na klar«, sagte Schiller. »Falls Sie es nicht dabeihaben, können Sie sich auch eins am Büchertisch bei der bezaubernden Frau Huggelmann kaufen. Und wer kein Buch kaufen will, kann natürlich ein Autogramm von uns haben. Cotta hat uns Autogrammkarten spendiert.«

Damit war die Veranstaltung plötzlich beendet: Die Kinder sprangen auf und wollten zum Büchertisch oder gleich nach vorne zu Goethe und Schiller, um sich ihre Unterschrift abzuholen. Die Lehrer gemahnten zur Ruhe, die übrigen Erwachsenen setzten zu einem mäßigen Schlussapplaus an, der aber im allgemeinen Stühlerücken, Drängeln, Schubsen sowie dem zugehörigen Beschwerde-Geschrei der Gedrängelten und Geschubsten unterging.

»Grauenhaft«, raunte Goethe Schiller zu.

»Kann nur besser werden«, bestätigte dieser, setzte wieder sein Dichter-Lächeln auf und unterschrieb diese Postkarten, auf denen er abgelichtet war, in einem sagenhaften Tempo. Die Bücher hingegen ließen auf sich warten, bis endlich eine Dame mit einem gelben Heftchen vom Büchertisch zu ihnen trat.

Insgesamt signierte Schiller fünf Exemplare der ›Räuber‹. In entwürdigend billigen Ausgaben. Gelbe Heftchen! Kein Leder, kein Goldschnitt. Da hätten sie sich gleich ein E-Book signieren lassen können. Aber Schiller schmiss seinen Krakel auf alles, was ihm vor den Kugelschreiber gehalten wurde. Sogar einen Gipsarm und ein T-Shirt versah er mit seiner Unterschrift. Klassiker zum Anfassen. Verkaufsförderung. Ergebnis: Schiller 5; Goethe 0. Was für ein Mist.

Noch nicht mal den Gipsarm sollte er signieren, was er ohnehin nicht getan hätte. Goethe nutzte die Gunst der Stunde und stahl sich vom Podium, um sich dem Büchertisch und der dahinterstehenden Lotte zu nähern.

Sabrina Jacqueline Huggelmann.

So hatten ihre Eltern diesen Engel genannt. O dieses Volk und sein elender Geschmack, stöhnte Goethe innerlich, als er dem Engel die Hand schüttelte. Wo doch ein Name mehr ist als ein Mantel, den man überwirft. Ein

Name ist wie eine Haut, in der man steckt. Andererseits: An der Haut von Fräulein Huggelmann hatte Goethe, soweit er dieser gewahr werden durfte, nichts auszusetzen. Und Namen wurden ja auch überschätzt. Gefühl ist alles, Namen sind Schall und Rauch, umnebelnd Himmelsglut – war das von ihm? Es kam ihm bekannt vor. Aber in all den Reden der letzten Jahre hatte er so viel zitiert, sich selbst, Schiller, Herder und immer wieder den großen und den kleinen Humboldt; er konnte beim besten Willen nicht mehr sagen, was von wem war. »Sie schickt der Himmel«, raunte er dem Engel zu. »Nach dieser grässlichen Veranstaltung.«

Sie lächelte. Diese Zähne. Wie konnte man nur solche Zähne haben? Goethe spürte, dass er eifersüchtig auf jedes Törtchen war, das sie vernaschte. Einer der Zähne stand etwas schief, doch der erhöhte als frecher Querkopf nur den Liebreiz des Gesamtgebildes, das sich ihr Gesicht nannte. »Mich schickt nicht der Himmel, sondern der Cotta. Oder genauer Kathrin.«

»Wer ist Kathrin?«

»Cottas Assistentin«, sagte Fräulein Huggelmann.

Cottas Assistentin. Goethe spürte den Charme bröckeln. Cottas Assistentin hatte nicht nur einen Namen. Sie hatte auch einen Vornamen, und diese Buchhändlerin hier, die schien aufs Intimste mit ihr befreundet zu sein, wenn sie sich gar duzten! Es traf Goethe wie ein kurz vor dem Ableben mittels Klistierspritze zugeführtes Anaphrodisiakum. Fräulein Huggelmann und Cottas Assistentin duzten sich. Wie grässlich.

Aber dann bückte sich die Dame nach einem heruntergefallenen Zehncentstück einer allerletzten Kundin und gewährte Goethe tiefe Einblicke, die das Zerbröckeln des Charmes nicht nur stoppten, sondern ihn sowohl den Namen als auch die Existenz von Cotta und seiner verflixten Assistentin vergessen ließen. Ein Hauch von Rom umfing ihn.

»Wie wäre es, wenn Sie uns begleiten würden?«

»Zum Abendessen?«, fragte die Buchhändlerin fröhlich.

»Ja, nun, ich werde zwar von den Ministerpräsidenten von Thüringen und Niedersachsen zum Abendessen erwartet, aber mit Ihnen an meiner Seite, werde ich auch das noch überleben. Oder was meinen Sie?«

Sie lächelte. »Ich würde eher sagen, dass ich so einen offiziellen Termin nur an *Ihrer* Seiten überleben kann. Und wenn Sie denen auch was vorrülpsen, lach ich mich schlapp.« Sie legte den Kopf schief. Goethe schmolz innerlich dahin. Doch dann fügte sie hinzu: »Aber ich bin jetzt gar nicht auf so einen offiziellen Termin vorbereitet.« Sie sah an ihrer perfekten Kleidung herunter.

»Klar kommst du mit«, tönte es hinter Goethe. »Und deine Sachen sehen super aus.«

Schiller.

Natürlich. Aber was hieß da »Du«? War der noch zu retten? Immerhin waren sie Klassiker. Sie standen auf Sockeln und Straßennamen. Er konnte doch nicht jeder Buchhändlerin, so reizend sie auch sein mochte, vor dem Sex das »Du« erlauben. Dass seine Deutschen Gefahr liefen, das Siezen zu verlernen, war noch so eine dieser neumodischen Unsitten. Um das Ihrzen war es ja schon seit Luther geschehen. Und auch dem trauerte Goethe nach.

»Aber selbstverständlich sind Sie alle unsere Gäste«, fügte nun auch noch die halbe Professorin hinzu.

Da kamen sie. Die Göttinger Sieben. Nun wieder vollzählig. Die hängenden Gärten strahlten Schiller an und hakten sich schon wieder bei ihm unter.

Goethe wurde etwas unsicher. Mit den Göttinger Sieben hatten weder der eine noch der andere Ministerpräsident gerechnet. Fräulein Huggelmann wäre als Goethes Begleiterin noch locker durch das Protokoll gegangen und Schiller sowieso – aber diese linksalternativen Vögel von der falschen Partei? Das würde schwierig werden. Goethe kannte die Staatskanzlei. In Protokollfragen war mit denen nicht zu spaßen.

Der Saal hatte sich erstaunlich rasch gelehrt, und Fräulein Huggelmann packte den fürchterlich umfangreichen Rest an unverkauften Exemplaren in ihre grauen Plastikwannen.

»Ich schaffe das nur rasch ins Auto und komme dann nach«, sagte sie.

»Quatsch, da packen wir alle mit an, und du kommst direkt mit«, sagte Schiller. Er schnappte sich eine der grauen Kisten, wodurch er immerhin Semiramis loswurde. Wenn das Charlotte und Caroline sähen, mein lieber Freund, dachte Goethe.

Auch sechs der Göttinger Sieben waren sich nicht zu schade dafür, unverkäufliche Ware zu schleppen, wenngleich nicht alle begeistert guckten. Auch Goethe zögerte.

»Lassen Sie mal ruhig stehen.« Die hängenden Gärten legten ihm eine Hand auf den Arm.

Die Fliegenfalle strömte ihren Lockstoff aus. Ungenießbar, dachte Goethe. Er streckte den Rücken noch etwas gerader durch. »Unsinn. Wir werden doch das Fräulein Huggelmann nicht im Regen stehen lassen!« Er nahm sich eine Kiste und befreite sich mithin aus den Fängen des Weltwunders.

Die Kiste war etwas schwerer, als er gedacht hatte.

»Goethe«, stand darauf und handschriftlich darunter: »Billig-Ausgaben und Restposten.«

Jetzt nur keine Presse, dachte Goethe noch. Dann lief er aus dem Saal.

Auf dem Weg zum Restaurant schaltete Goethe sein Telefon ein. Schon nicht schlecht diese Geräte, über die der Geist ständig mit der Welt verbunden war. Es gingen drei neue Nachrichten ein. Eine von Cottas Assistentin, die Goethe ungelesen löschte. Die Dame konnte er sich jetzt beim besten Willen nicht antun. Eine von der Staatskanzlei Erfurt. Der Ministerpräsident musste den Termin am Abend in Göttingen absagen. Eine von der Staatskanzlei Hannover. Der Ministerpräsident musste den Termin in Göttingen ebenfalls absagen.

Gründe standen nicht dabei. Merkwürdig, dachte Goethe. Im Grunde ein doppelter Affront.

Das schale Gefühl, mit dem er, eine Kiste unverkäuflicher Bücher in den Händen, aus dem Rathaus in Göttingen getreten war, wurde durch diese Nachrichten nicht gerade aufgepeppt. Was war los? War er auf ein Abstellgleis geraten? Er stellte die Kiste zu den anderen in den weißen, etwas rostigen Lieferwagen der Buchhandlung aus Erfurt.

»Goethingen! Goethingen! Das wollen wir alle singen!«, stimmte Schiller hinter ihm gut gelaunt an. Was der sich nur wieder in seinen Kaffee gemischt hatte? So viel gute Laune hatte er schon lange nicht mehr auf einen Schlag ertragen müssen. Andererseits heiterte sein Freund ihn tatsächlich auf. Es hätte ja auch schlimmer kommen können: Er hätte allein reisen, nicht zum Essen eingeladen und am Ende des Abends einsam im Hotelzimmer stranden können. Stattdessen sagten nur zwei Ministerpräsidenten ein Abendessen ab. Er kannte die Politik gut genug, um zu wissen, dass es dafür, gerade im Wahlkampf, mannigfache Gründe geben konnte, die allesamt nichts zu bedeuten hatten. Sein Freund der Ministerpräsident von Thüringen würde sich schon noch erklären. Wie oft war er am Hof selbst in seinen reiferen Mannesjahren noch am Protokoll oder schlicht dem Tagesgeschäft des Herzogs gescheitert, wenn er den Wunsch nach einer Audienz verspürt hatte. Das brach einem Dichterfürsten doch keinen Zacken aus der Krone!

»Was machen Sie denn für ein Gesicht, Herr von Goethe?«, fragte die Buchhändlerin Huggelmann, während sie durch die verlassenen Straßen der Göttinger Fußgängerzone dem Lokal entgegenliefen. »So schlecht ist es doch auch wieder nicht gelaufen.«

»Das ist es nicht«, gab Goethe zurück und fragte sich, ob es wohl übergriffig auf sie wirken würde, wenn er sich bei ihr unterhakte. Aber nein, es war an der Frau, sich beim Manne unterzuhaken.

»Ich habe eine gute und eine schlechte Nachricht«, sagte Goethe. Einmal musste er ja doch mit der Wahrheit herausrücken.

»Für mich?«, fragte Fräulein Huggelmann überrascht.

Goethe ertappte sich dabei, dass er nur nach einem Grund gesucht hatte, sie berühren zu dürfen. Nun hatte er ihn: Er legte ihr beruhigend die Hand auf den Unterarm. »Keine Bange, die schlechte Nachricht wird Sie nicht besonders hart treffen. Wir haben frei. Kein Besuch von den Ministerpräsidenten. Sie haben wichtige Staatsgeschäfte und sind verhindert.«

»Wichtigere Staatsgeschäfte als uns?«, polterte Schiller von der Seite. »So eine Frechheit! Sie sollten sich beschweren, bester Freund! Immerhin haben Sie sich mit Ihrem Namen für die Bildungspolitik und die Wiederwahl des Ministerpräsidenten starkgemacht. Goethe-Kommission, die heißt doch nicht umsonst so!«

Schwang da Ironie mit? Goethe guckte Schiller unsicher an. Mit Schillers Ironie war er noch nie klargekommen. Was war nur in den Freund gefahren? Aber nun nahm ihn Schiller doch herzlich in den Arm und sagte. »So haben wir Sie denn ganz für uns.«

Da strahlten auch die Göttinger Sieben und freuten sich.

Wenn das mal gut geht, dachte Goethe. Wenn das mal gut geht.

Dann betrat er hinter Fräulein Huggelmann das Lokal

und konnte sich bei der Gelegenheit einen Blick auf ihr wohlgeformtes Hinterteil nicht verkneifen. Cotta war eben doch ein Schatz, wenn es drauf ankam.

»Sie sollten uns die ganze über Reise begleiten«, schlug Goethe vor, als er sich links neben Fräulein Huggelmann auf die Bank quetschte.

»Aber das tut sie doch!«, sagte Schiller, der sich einen Stuhl nahm und sich auf die rechte huggelmannsche Seite platzierte. »Ich jedenfalls mache keinen Schritt mehr ohne Saja.«

»Saja?«

»Sabrina Jacqueline ist mir zu komplex«, sagte Schiller.

Die so Angesprochene lächelte Schiller zu. Etwas zu lange für Goethes Geschmack. Dann wandte sie sich an Goethe und sagte: »Hat man Ihnen das nicht mitgeteilt? Sie können mir Ihr Gepäck anvertrauen. Ich fahre die ganze Strecke mit dem Auto mit, für die Büchertische, und ich habe auch die Autogrammkarten.«

»Meinen Koffer? Hören Sie mal, so alt bin ich auch wieder nicht«, sagte er. Mist, da war es wieder gewesen. Er hatte »Hören Sie mal« gesagt. Und das auch wieder pampiger als beabsichtigt. Fräulein Huggelmann zuckte zurück, das konnte Goethe, der Menschen- insbesondere Frauenkenner, ihr deutlich ansehen.

»Ich bin allerdings viel zu alt für die Kofferschlepperei«, sagte Schiller heiter wie nie. »Und falls ich unterwegs doch noch sterbe, packen Sie mich bitte in einen schönen Sarg, bester Freund, und du, liebe Saja, transportierst den dann zwischen all den Bücherkisten nach Weimar zum Friedhof.

Die unverkäuflichen Restexemplare könnt ihr mir ins Grab nachwerfen«, scherzte Schiller. »Statt Blumen.«

Goethe wünschte, er hätte gar nicht zugehört. Da waren doch wieder Pillen im Spiel bei seinem Freund. Er hatte es nun schon so oft ohne seine »kleinen Helfer«, wie er sie nannte, versucht. Aber wenn Goethe ehrlich war, dann war sein Freund Schiller verloren. Was ihn aber im Augenblick viel mehr wurmte, war die Tatsache, dass Schiller, Pillen hin, Pillen her, offensichtlich viel besser von Cotta oder seiner abscheulichen Assistentin informiert worden war als er. Sollte er den Verlag wechseln? Oder mal wieder nach Stuttgart fahren? Auf der nächsten Buchmesse musste er jedenfalls auf ein Treffen mit Cotta bestehen. Mit Cotta persönlich. Nicht mit dieser Assistentin.

Oder er rief doch noch mal bei Julius Campe in Hamburg an. So ging es jedenfalls nicht weiter.

Als sich dann auch noch die hängenden Gärten links neben Goethe auf die Bank setzten, fühlte sich Goethe wie eine Maus in der Falle. Irgendwie wurde er das Gefühl nicht los, dass es ein Riesenfehler gewesen war, den Zug in Weimar überhaupt bestiegen zu haben. Er hätte sich niemals auf diese Lesereise einlassen sollen. Niemals. Es war von Anfang an ein Unfug gewesen, und niemand hatte das besser gewusst als er selbst. Wäre da nur die Sache mit Steffi nicht gewesen. Vielleicht lag der Grund allen Übels eben doch in der Toskana. Andererseits waren es schon wahre Sternstunden gewesen mit Steffi in Italien. So herrlich leergepumpt hatte er sich die letzten hundert Jahre nicht mehr gefühlt. Römische Elegien 2.0, wie die Jugend sagen würde. Musste er nur noch in Text gießen, diese Gefühle. Dann hätte er auch wieder einen Verkaufsschlager. Garantiert. Falls noch jemand Lyrik las.

Der Kellner brachte den Champagner.

»Die erste Flasche geht immer auf die Klassiker«, sagte Schiller großspurig. Er grinste zu Goethe rüber. »Geht sie doch, oder?«

Goethe nickte. Aber selbstverständlich. Schiller lud alle ein. Goethe sollte zahlen.

»Na denn! Auf unsere Klassiker«, sagte die halbe Professorin.

»Zum Anfassen«, fügten die hängenden Gärten der Semiramis kichernd hinzu. Goethe wünschte sich, er hätte wie Schiller einen Platz auf einem Stuhl gewählt. So saß er auf der Bank fest. Und neben ihm diese aufdringliche Dame.

»Und Heine!«, fügte der Jägersmann hinzu. »Denn ohne Heine keine Harzreise in den Semesterferien!«

Doch, dachte Goethe. Schließlich hatte er schon lange vor diesem Heine seine Harzreise im Winter unternommen. Seine Schwester Cornelia, die Unglückliche, kam Goethe wieder in den Sinn. Fürchterlich war sie gewesen, diese Reise. Kalt und dumm und eine Flucht vor der Macht des Todes und des Unglücks. Aber trotzdem: Er war lange vor Heine auf den Brocken gestiegen und hatte seine Dichtung wie eine Duftmarke auf diesem Gipfel hinterlassen. Im Dezember! Und nicht wie dieser Jammerlappen aus Düsseldorf im Sommer. Der Brocken war nicht Heines, er war Goethes Berg. Von ihm durch Dichtung in Literaturgeschichte verwandelt. Veredelt sozusagen und vergrößert. Aber das würde er diesem Jägersmann nicht mehr beibringen können, der schwebte dem Geier gleich über Heines Leiche, dachte Goethe.

Sein einziger Trost bei diesem trüben Abendessen war einerseits Fräulein Huggelmann, deren Knie er hin und wieder berühren konnte, um sich alsbald zu entschuldigen. Und natürlich die Speise- und Weinkarte. Die sahen echt nicht schlecht aus. Alle drei.

Northeim

Sieben Uhr neunundvierzig. Das ist nicht die Stunde der Klassiker, dachte Goethe, als er sich, aus seinen Weimarer Fehlern lernend, in Position zum Sturm auf die Sitzplätze in der Regionalbahn brachte und gleich nach dem Einlaufen des Zuges eine Tür eroberte und seinen alten Körper auf den erstbesten Sessel fallen ließ.

»Na, da hat es aber einer eilig«, kommentierte eine alte Schachtel, die an die hundertachtzig Jahre jünger war als er.

Goethe schwitzte. Er hätte diesen Koffer vielleicht doch dem Fräulein Huggelmann geben sollen. Andererseits blieb er dabei: Frauens waren Frauens, und die mussten keine Koffer schleppen. Das war Aufgabe der Knechte. Und Goethe hatte keinerlei Ambitionen, die Herzen der Knechte zu erobern.

Er schaltete sein Telefon ein.

Die Umfragewerte-App war gar nicht schlecht. Die Daten stammten von zwanzig Uhr des Vortages, und es sah sehr gut aus für die Wahl seines Freundes, seines Ministerpräsidenten; mit der sich abzeichnenden Zweidrittelmehrheit könnte er im Prinzip die Monarchie wieder einführen. Verlockend, fand Goethe. Aber fürs Erste würde ihm die Lex Goethe reichen.

Einige Nachrichten gingen ein. Der Architekt hatte noch etwas wegen der Abdeckung des Wintergartens zu bemängeln. Dieser Stümper würde Goethes ästhetisches Empfinden niemals verstehen. Glas, Stahl, Beton, das waren die einzigen Materialien, die dieser Architekt kannte. Von Gummimatten, Kohlefaser und Verbundstoffen schien der noch nie etwas gehört zu haben. Wer war denn hier der alte Sack?

Goethe sah sich den Vorschlag des Architekten an. Der wollte Kosten sparen. Aber Goethe wollte Licht im Wintergarten haben. Jede Menge Licht. Er lehnte ab. Die Umfragewerte waren gut, der Paragraf 13a war so gut wie beschlossen; also würden nach der Wahl Stadt und Land für die Baukosten aufkommen. Nein, zu wenig Geld war wirklich nicht sein Thema. Zu wenig Licht schon eher.

Eckermann hatte auch etwas gemailt. Goethe zögerte. So eine Eckermann-Mail am Morgen, noch vor zehn Uhr, die war nicht leicht zu verdauen.

Schiller schleppte sich den Gang entlang, die Augen hinter einer gewagten Sonnenbrille versteckt, der Mantel nur schlaff von den heute recht runden, ja leicht bucklig wirkenden Schultern fallend. Der Freund nahm auf dem freien Sitz neben Goethe Platz.

»Morgen«, knurrte Schiller.

Goethe war froh, sich nun nicht länger mit der Frage befassen zu müssen, ob er die Eckermann-Mail schon verdauen könnte, worum auch immer es ging. »Guten Morgen, guten Morgen! Nun, war der Weißwein die richtige Wahl?«

Schiller schob die Sonnenbrille auf die Spitze der Nase und sah Goethe über den Rand dieses Gestells mit seinen eingetrübten Augen an. Goethe ahnte, wie der Freund sich fühlte. Nicht gut. Gehirn, das von innen an der Schädeldecke kratzt, aufgequollen, Schmerzen bis zum Magendrücken – mit einem Wort: Schiller hatte einen Kater.

»Dürfte ich Ihnen mit einer Kopfschmerztablette aushelfen?«, fragte Goethe.

Schiller nickte vorsichtig. »Das wäre ja so was von prima.«

Während Goethe das Etui mit den Pillendöschen suchte, kam die Zugbegleiterin und verkündete ihr »Die Zugestiegenen die Fahrkarten, bitte«.

Goethe zog sein Ticket aus der Jackentasche. Er hatte dazugelernt: Den Umschlag mit den Tickets hatte er schon vor dem Frühstück gesichtet hatte die Fahrkarten in die richtige Reihenfolge gebracht, und nun konnte er sich jeden Morgen die passende vom Stapel nehmen. Kleine Reiseerleichterung.

Er drehte sich nicht zu der Schaffnerin um.

»Oh, sind Sie …?«

Goethe hatte das Etui erwischt.

»Sie sind es, oder …?«

Na endlich, dachte Goethe. Endlich erkannten die Deutschen ihr größtes Kulturdenkmal wieder!

Er drehte sich lächelnd zu der Dame um. Aber die starrte Schiller an. Überglücklich. Schiller nickte matt, holte lustlos eine zerknitterte Autogrammkarte aus seiner Manteltasche, unterschrieb, reichte sie der Dame und fragte: »Haben Sie zufällig ein Glas Wasser bei der Hand für einen alten, uralten Dichter mit einem mörderischen Kater?«

Erst schüttelte die Dame den Kopf. »Tut mir leid, das ist ein Service, den Sie nur in der ersten Klasse und auch nur in Fernzügen …« Aber dann stockte sie. »Ich sehe, was ich machen kann, Herr Schiller.«

Goethe reichte Schiller die Tabletten. Der Zugbegleiterin sein Ticket. Er lächelte sie an. Sie sah nur auf sein Ticket. Stempelte es. Reichte es ihm wieder.

»Danke.«

»Schönen Tag, die Dame«, fügte Goethe hinzu.

Sie hatte nur Augen für Schiller, deutete einen leichten Knicks an. »Ich liebe die ›Räuber‹. Vor allem aber die ›Maria Stuart‹. Habe ich als Schülerin gespielt!« Sie warf den Kopf in den Nacken und rief quer durch den Zug: »›Gebt Gedankenfreiheit!‹«

Schiller zuckte zusammen. »Ja, aber nicht so laut«, murmelte er. »Bitte nicht so laut.«

Goethe musste fast lachen. Eine Maria Stuart, die den Text aus dem ›Don Carlos‹ auswendig wusste und Zugbegleiterin war. Wenn sich Schiller diese Wirkung seiner Texte gewünscht hatte, dann war die Seelenverwandtschaft eben doch eher eine Wahrnehmungstäuschung gewesen.

Immerhin brachte sie Schiller einen Pappbecher Wasser, sodass er die Kopfschmerztablette noch vor dem Einlaufen in den Bahnhof von Northeim auflösen konnte.

»Schultheater – wer hätte das gedacht?«, fragte Goethe.

»Wenn Sie mich fragen, dann wurde der Dilettantismus der Schulen von uns unterschätzt. Wir hätten uns viel mehr um die Kinder- und Jugendliteratur kümmern müssen«, sagte Schiller etwas gequält. »Haben Sie den neuen Steinhöfel gelesen? Oder diese Geschichte mit dem Zauberlehrling?«

Goethe schwitzte. Nichts hatte er gelesen. Doch, diese Zaubergeschichte, von der hatte er gehört. Natürlich.

Schien ja sehr beliebt zu sein, und ein Heidengeld wurde da verdient.

»Was beliebt ist, ist noch lange nicht gut!«, sagte Goethe.

Schiller nickte. »Und umgekehrt. Schon immer so gewesen. Aber ich muss sagen: Es ist sehr unterhaltsam.«

»Immermann war auch unterhaltsam«, hielt Goethe dagegen. »Jetzt sehen Sie sich an, was aus ihm geworden ist. Tot ist er. Mausetot. Gelesen wird nichts mehr und gedruckt noch weniger.«

»Schon gut, schon gut«, murmelte Schiller. »Und ich dachte, ich wäre heute Morgen der Knurrigere von uns.« Schiller nahm den letzten Schluck aus dem Pappbecher. »Wie war es eigentlich in Italien? Hatten Sie sich nicht zum Schreiben zurückgezogen?« Schiller schien Goethe von der Seite zu mustern.

Goethe sah aus dem Fenster. Was wusste Schiller? Dass Steffi, angelockt von Goethes Augen und seinem Karriereversprechen, von dem er noch nicht genau wusste, wie er es halten sollte, ihn begleitet hatte, hatte Goethe Schiller verschwiegen. Immerhin gehörte sie zu den schillerschen Nachkommen. Und Schiller war, das wusste Goethe, recht empfindlich, was kleinere Raubzüge von Goethes Charme in seiner Familie anging. Andererseits: *Sehr* verwandt war Steffi mit Schiller auch wieder nicht. Und Schiller selbst lebte doch, wie er es sich immer gewünscht hatte: satt und zufrieden zwischen dem schwesterlichen Doppelbusen. Goethe wollte sich gar nicht ausmalen, was da im Haus an der Esplanade abging, wenn es nach der Sperrstunde auf der Straße ruhiger wurde und nur noch vereinzelte Studentengrüppchen schwadronierend und urinierend durch die Gassen zogen. Wie auch immer: Goethe hatte die Sache mit Steffi verschwiegen, und dabei wollte er es auch belassen. Woher der immer wieder aufgrummelnde schillersche Groll kam, das allerdings war ihm so oder so ein Rätsel. Sicherlich kein unlösbares – aber manche Fragen ließ man eben lieber im Verborgenen ungeklärt, als sie ans Licht zu zerren. Das gehörte zu den Erkenntnissen, die ihm ein Leben in der Lokal- und Landespolitik geschenkt hatte.

»Italien ist immer gut«, redete sich Goethe heraus.

Sein Telefon klingelte. Eckermann rief an. Der Zug hielt mit einem Ruckeln im Bahnhof von Northeim.

»Dann wollen wir mal«, sagte Schiller. »Danke für die Tablette, mit der werde ich den Tag hoffentlich überstehen. Haben Sie den Plan gelesen? Mann, Mann, Mann, drei Lesungen am Morgen, eine am Abend, das wird eine Packung.«

Goethe drückte Eckermann weg. Er konnte jetzt nicht. Er wollte jetzt nicht.

Schulen waren Goethes Sache nicht. Nie gewesen. Im Grunde vertrat er noch immer die Ansicht, dass der einzig wahre Unterricht der Privatunterricht zu Hause sei. Die römische Oberklasse hatte es so gehalten. Und sie war nicht schlecht damit gefahren.

Der Lieferwagen von Fräulein Huggelmann war auf dem Schulhof noch nicht zu sehen. Schiller stürmte über den bemalten Asphalt auf das mit abscheulich grauen Platten verkleidete Gebäude zu. Mit wehendem Mantel, die Tablette schien nun ihre Wirkung im welken Körper zu entfalten, schwebte er die Stufen rauf und öffnete dem Freund, der etwas behäbiger hinterherschnaufte, die abgestoßene Flügeltür.

»Tari, tara, der Zirkus ist da«, murmelte Schiller die Sonnenbrille wegsteckend, als Goethe an ihm vorbei die Gemeinschaftsgrundschule betrat.

Goethe merkte erst in der Negativität der Enttäuschung, dass er etwas mehr erwartet hatte. Der Empfang war ein Nichts. Keine Schüler, keine Lehrer, nur dieser Schulstaub, dieser erbärmliche, entsetzliche Schulstaub lag auf der Szenerie. Das also war der Empfang für die Klassiker? Wenigstens wollte ihn niemand anfassen.

»Lehrerzimmer«, murmelte Schiller. »Wir brauchen das Lehrerzimmer.«

Sie liefen einen menschenleeren Flur entlang. Kamen an erbärmlich stinkenden Aborten vorüber und gelangten hinter einer Ecke in eine Art Sackgasse, an deren Ende ein kleines Schild mit der gesuchten Aufschrift stand.

Die Tür hatte keine Klinke, sondern nur einen Knauf. Hier sollte offenbar niemand reinkommen.

Schiller klopfte.

Niemand tat ihnen auf.

Sie klopften noch einmal.

Goethe hatte große Lust, diesen grässlichen Ort unverrichteter Dinge zu verlassen, als doch noch eine Tür aufging. Es war die Tür neben dem Lehrerzimmer.

»Suchen Sie was Bestimmtes?«

Hinter ihnen trat eine Dame, die sich nicht vorstellte, auf

den Flur. Schiller streckte ihr beide Hände entgegen. »Der Himmel schickt Sie. Wir sollen hier heute lesen.«

»So? Ich weiß aber von nichts.«

Goethe warf einen Blick auf das Türschild neben der Dame. Das also musste die Schulsekretärin Schablonski sein. Sie sah die beiden Herren mit einer Mischung aus Argwohn und Arroganz an, die Goethe an die Mitarbeiter der Denkmalschutzbehörde der Stadt Weimar erinnerte (Steffi ausgenommen). Oh, wie er sie hasste, diese Bürokratengesichter, die einem den schönsten Wintergartenbau mit ihren neunmalklugen Vorschriften versauen konnten.

Goethe zückte sein Handy, um Cottas Assistentin das Ende dieser vermaledeiten Reise mitzuteilen, er war gewillt, als Grund erwiesene Blödheit der Provinzverwaltung anzugeben. Ja, er erwartete die Frage von Cottas Assistentin sogar mit einer gewissen Vorschadenfreude. Aber Schiller setzte sein freundlichstes Gesicht auf.

»Mein Name ist Friedrich von Schiller. Ich schreibe Bücher. Dies ist Johann Wolfang von Goethe, er schreibt ebenfalls Bücher. Wir sollen hier heute eine Lesung für die Viertklässler abhalten. Wird alles vom Verlag bezahlt und ist mit der Schule abgesprochen. Aber wir gehen auch gerne Kaffee trinken, wenn uns keiner will.«

»Goethe? Schiller?« Diese Namen öffneten Türen. Mehr Türen, als Goethe lieb sein konnte. Pünktlich mit dem Glockenschlag der Schule, der in diesem Augenblick erklang, flogen alle Türen des Flurs auf. Eine schreiende Kindermasse ergoss sich über den Flur und schwappte hinaus auf den Pausenhof.

»Da sind Sie ja!«, rief nun ein aus dem Nichts auftauchender Herr, der sich als Schulleiter vorstellte. »Unsere Schüler erwarten Sie schon voller Spannung. Und wir natürlich auch.«

Der Schulleiter schloss ihnen das Lehrerzimmer auf. Bot sogar Kaffee an, für den die beiden Klassiker gleichermaßen dankbar waren. Die Sekretärin dampfte nun in ihr Zimmer ab und kochte den bestellten Kaffee. Nach und nach trudelten auch die Lehrerinnen ein. Junge, alte, hübsche und hässliche. Alles war vertreten. Schiller plauderte hier, Goethe scherzte da. Allmählich gefiel ihm diese Lesereise. Er hatte sich noch in der Nacht im von Weichspülerausdünstungen verpesteten Hotelzimmer vorbereitet. Hatte eine Auswahl an Gedichten für die vierte Klasse zusammengestellt. Sein Buch war mit Zetteln gespickt. Er würde schwungvoll starten und dann weich, samtweich landen. Genau dreißig Minuten würde Goethe lesen, er hatte es gestoppt. Mit dem Handy, das nun noch einmal klingelte. Wieder Eckermann. Goethe drückte ihn weg und schaltete das Gerät aus.

»Sie lesen ja genau an den Stationen, die Heinrich Heine in seiner Harzreise beschrieben hat«, sagte der Schulleiter, als die Pause sich dem Ende näherte. »Das finde ich lustig. Ich habe gar nicht gewusst, dass Sie sich so nahe standen.«

Goethe schwieg.

Und Schiller fragte nach der Toilette.

Auf dem Weg in die Klassen sagte der Schulleiter dann: »Ach so, da ist noch eine Kleinigkeit. Wir hatten in der vierten Klasse heute so einen Mathetest. Die Kinder sind durch. Die brauchen jetzt keinen Goethe und auch keinen Schiller. Daher haben wir uns gedacht, dass Sie, Herr Schiller, einfach in der dritten Klasse lesen, und Sie, Herr Goethe, kriegen unsere Erstklässler.«

»Erstklässler?«, fragte Goethe. »Wie alt sind denn die?«

Der Schulleiter winkte ab. »Das passt schon, Herr Goethe, das passt schon. Wir haben die auch extra in zwei Gruppen aufgeteilt.«

Wenn er jetzt noch »pfiffig« sagt, geht die Veranstaltung mindestens so schief wie Göttingen, dachte Goethe.

Schiller rauschte schon mit einer Lehrerin zu seinen Drittklässlern. Goethe ließ sich vom Schulleiter in eine Klasse dirigieren. Der Schulleiter selbst musste sich wichtigeren Aufgaben widmen und verabschiedete sich noch im Flur von ihm.

Fräulein Huggelmann war inzwischen eingetroffen. Sie hatte einen kleinen Büchertisch aufgebaut. Die Erstklässler standen um den Tisch herum und balgten sich um die besten Plätze an den Büchern.

Goethe begrüßte die Buchhändlerin mit einem Nicken, das vertraulich wirken sollte. Sie schenkte ihm ein Lächeln, das Goethes Herz aufgehen ließ.

»Guten Morgen, sind Sie gut hergekommen?«, fragte sie, so vertraut, als hätte sie den Abend flirtend mit ihm und nicht mit Schiller verbracht.

»Volksnah«, sagte Goethe. »Ungeheuer volksnah.«

»Das ist nicht Ihr Ding, oder?«, fragte Fräulein Huggelmann.

Goethe errötete. Nicht, weil er sich ertappt fühlte. Eher,

weil dieses Fräulein Huggelmann nicht nur hübsch und belesen, sondern auch noch nett war.

Ich bin verloren, dachte Goethe.

»Ich bin verloren«, sagte er.

Sie lächelte. »Sie? Aber Herr Goethe. Sie haben doch alles erreicht, was es in Ihrem Beruf zu erreichen gibt.«

Goethe nickte. Das stimmte. Er hatte schon mit dreißig alles erreicht, was möglich war. Das Gefühl kannte er. Aber er kannte auch das Gefühl der gnadenlosen Überforderung. Und dieses Gefühl, das er mit der Betrachtung des Pariser Metroplans assoziierte, genau dieses Gefühl stellte sich nun wieder ein, als er diese kleinen Kinder sah.

»Was soll ich mit denen machen?«, fragte Goethe die hübsche Buchhändlerin.

Trugen die noch Windeln? Sprechen konnten sie, schreien noch besser, und alle, die die Bücher vor der Huggelmann durchblätterten, fragten:

»Wo sind denn da die Bilder?«

Die Enttäuschung trat in die Gesichter, als Fräulein Huggelmann sie aufklärte. »In diesen Büchern gibt es keine Bilder.«

»Oh, nä, voll langweilig!«, rief einer der Jungs.

»Die meisten sind eben für ältere Kinder«, sagte Fräulein Huggelmann.

»Sind Sie berühmt?«, fragte ein kleines Mädchen.

»Schon«, sagte Goethe.

»Cool!«, rief das Mädchen. »Der ist berühmt!«

»Wie berühmt?«, fragte ein Junge nach. »Weltberühmt? So wie Messi?«

»Ja«, sagte Goethe, obwohl er nicht wusste, welcher Knilch da als Vergleich diente. Er war es gewöhnt, selbst als Vergleichswert herhalten zu dürfen.

»Cool!«, rief der Junge. »Der ist weltberühmt wie Messi, Leute!«

Goethe atmete auf. Immerhin, die Kinder schienen seiner Strahlkraft gegenüber nicht völlig unempfänglich zu sein.

»Kann der auch Fußball?«, rief ein anderer Junge.

»Was mach ich mit denen?«, wiederholte Goethe seine Frage. Seine Gedichtauswahl konnte er vergessen. Diese Kinder hier, die brauchten vielleicht Reime. Aber leichte Reime. Keine Elegien, Balladen, all das war für diese Kinder völlig ungeeignet.

»Können Sie auch malen?«, fragte ein Mädchen.

»Einigermaßen«, antwortete Goethe.

»Malen Sie!«, empfahl Frau Huggelmann. »Sie können doch großartig zeichnen.«

Doch dann kam die Lehrerin in das Klassenzimmer und läutete damit das Ende der Pause und der Vertraulichkeiten ein. Sie schien ebenso wenig auf diese Situation vorbereitet zu sein wie Goethe selbst. Sie scheuchte die Schüler mit Ermahnungen, die sie offenbar tagtäglich von sich gab, auf ihre Plätze. Goethe wusste plötzlich wieder, warum er sich nie für Schulen interessiert hatte. Schuld waren nicht so sehr die Kinder, mit denen er nichts anzufangen wusste, als vielmehr die Lehrerinnen, die er auch nicht besonders geistreich fand.

Fräulein Huggelmann hingegen erwies sich als die Rettung. Denn Goethe malte. Und er erzählte. Er erzählte von seinen Reisen nach Italien, in den Orient und offenbarte sogar seine Verirrungen in der Pariser Metro.

»Warst du auch in Sri Lanka?«, rief ein Junge dazwischen.

»Ich war in New York. Aber das war langweilig!«, sagte ein Mädchen.

»Wir fliegen immer nach Mallorca.«

Goethe verfluchte sich für die Reisethematik. Liebe konnte er auch vergessen.

»Was für Geschichten findet Ihr denn spannend?«, fragte er.

»Grusel!«, rief ein Junge.

»Ich mag nur Pferdebücher«, sagte ein Mädchen.

»Und Zombies!«

»Und Aliens!«

»Fußball!«

Goethe schluckte. Krasse Kinder. Echt krasse Kinder, dachte er.

Dann setzte er die Kreide an die Tafel und versuchte, ein Raumschiff zu malen.

Die Kinder waren begeistert.

Die Lehrerin guckte böse.

Aber Sabrina Jacqueline Huggelmann lachte.

Immerhin, dachte Goethe. Immerhin. Er malte weiter.

»Vielleicht können Sie den Kindern ja etwas aus Ihren Büchern vorlesen?«, schaltete sich die Lehrerin ein. »Herr Goethe hat die besten Geschichten geschrieben, die es auf Deutsch gibt!«

»Echt? Worum geht's denn?«

»Liebe, Tod und Teufel, mich, Farben und Steine. All so ein Zeug eben«, versuchte Goethe, sein umfangreiches Werk auf einen Nenner zu bringen.

Aber die Kinder fanden Zombies, Fußball, Pferde und Feen besser. Also malte Goethe Zombies, Fußbälle, Pferde und Feen nach den Beschreibungen der Kinder. Am Ende rief ein Mädchen begeistert: »Ich werde später mal Schriftstellerin. Dann male ich den ganzen Tag lustige Bildchen.«

»Das habe ich mir jetzt ganz anders vorgestellt«, sagte die Lehrerin etwas beleidigt nach der Stunde.

Goethe klopfte ihr auf die Schulter. »Ich auch.«

Er hätte das Handy nicht einschalten sollen.

Nicht in der Pause zwischen den Lesungen. Er hätte das Ding nie wieder einschalten sollen. Wegwerfen und flüchten. Mit oder ohne Schiller. Augen zu und durch. Andererseits war da im Lehrerzimmer eben diese Lehrerin aus der Klasse 1, die ihm grollte und sich mit ihren Kolleginnen zusammenrottete und tuschelte, und da konnte sich Goethe schon vorstellen, um wen oder was es ging. Sabrina Jacqueline Huggelmann konnte ihm auch nicht beistehen, denn die hatte sich samt Schiller und seinem dicken Schädel in den Lieferwagen zurückgezogen. Also hatte Goethe erst mit dem Gedanken an Flucht und mit dem ausgeschalteten Handy gespielt. Dann hatte er den Fluchtgedanken fallengelassen und das Handy eingeschaltet. Was zwei Fehler waren, wie sich schon wenige Sekunden später herausstellte.

Es gab zwei neue Nachrichten. Eine war von Eckermann. Es gebe da ein Problem. Er solle sich melden. Die andere war aus der Staatskanzlei Erfurt. Es gebe da ein Problem. Er solle sich *nicht* melden.

Gesendet von Pressereferent Schmitz. Das war kein gutes Zeichen. Pressereferent Schmitz war die Kavallerie des Ministerpräsidenten. Er trat nur in Erscheinung, wenn es keine Alternative mehr gab. Wandelnde Ultima Ratio. Schon die Tatsache, dass Goethe eine Nachricht von Pressereferent Schmitz aus der Staatskanzlei erhielt, war Grund für einen Herzinfarkt. Da hätte es der Nachricht selbst gar nicht erst bedurft. Nun sollte er sich also nicht melden. Goethe hatte keinen blassen Schimmer, was passiert war. Sicher war nur: Es war etwas passiert und es war keine Kleinigkeit und es hatte mit ihm zu tun.

Eckermann rief wieder an.

Diesmal ging Goethe dran.

Und während Eckermann auf ihn einredete, so viel und so schnell, wie Eckermann noch nie geredet hatte, selbst damals nicht, als er den Wagen, den schönen stolzen Wagen, in der Einfahrt demoliert hatte, verstand Goethe allmählich die Aufregung in Thüringen. Ein Journalist, Sven Weber, sei bei Eckermann und auch bei Christiane gewesen. Dieser Weber habe Fragen zum Dienstwagen von Goethe gestellt. Das Fahrtenbuch wollte der Kerl einsehen. Und er habe ganz gezielt gefragt, ob Goethe Steffi kenne.

»Hat der das auch meine Frau gefragt?«, entfuhr es Goethe, etwas lauter als beabsichtigt.

Die tuschelnden Lehrerinnen im Zimmer sahen sich

nach ihm um. Ihre Blicke beunruhigten den größten aller Schriftsteller nicht unerheblich. Solche Blicke mochte er nicht. War es Argwohn? Oder hatte er sie bei ihrem Pausengeschwätz gestört? Bei denen war er so oder so unten durch. Was Goethe mehr ausmachte, als er zugeben wollte.

Eckermann versprach Goethe, so diskret wie nur möglich bei Christiane nachzuhorchen.

Na, wenn das mal gut geht, dachte Goethe. Andererseits wusste sie doch ohnehin Bescheid, wenn sie ehrlich war.

Auch von der Toskana-Reise Goethes mit Steffi schien dieser Weber zu wissen. Goethe schwitzte. Wer hatte da geplaudert? Hatte Steffi sich verplappert? Oder er selbst? War es am Ende Christiane gewesen, die dem Journalisten gegenüber Andeutungen gemacht hatte, und dieser versuchte nun, sein Wissen bei Eckermann anzureichern? Ein scheußliches Szenario, zugegeben. Aber kein unrealistisches.

Goethes Magen drückte ein wenig.

Vermutlich dieser Lehrer-Kaffee.

Schiller kam ins Lehrerzimmer gestürmt.

»Wie war die Lesung?«, fragte er. »Also diese Drittklässler sind ja echt pfiffig!«

Die tuschelnden Lehrerinnen lächelten Schiller freundlich und offen zu. Frisch sah er aus, der Schiller. Frisch, als hätte er im Lieferwagen eine kleine Verjüngungskur verabreicht bekommen. Der Kater schien verschwunden zu sein. Oder wirkte die Tablette einfach noch?

Goethe schwitzte. Jetzt nur kein Gespräch über seine Zeichenstunde gerade eben. Die Schulglocke meinte es gut mit Goethe und erlöste ihn vor der drohenden Frage.

»Nur frisch ans Werk«, sagte Schiller.

Der war von mir, dachte Goethe und schleppte sich hinter Schiller den Flur entlang zur nächsten Lesung.

Dieses Aufstoßen.

Was passiert nur mit den Köchen Italiens, wenn sie die Alpen überqueren?, dachte Goethe, als er sich nach dem Mittagsschläfchen aus dem Bett erhob.

Dieses Bett war nicht gut. Er hätte sein Reisebett mitnehmen sollen. Wenn er von Cottas Assistentin, dieser dreisten Person, die Mitteilung erhalten hätte, dass es ein Begleitfahrzeug gab, dann hätte er ja das Reisebett mit Fräulein Huggelmann – andererseits … wie hätte das wieder ausgesehen? Vor allem für Christiane?

Die Wirtsleute des Hotels wähnten das Haus wohl leer. Jedenfalls wurde quer über den Flur aufs Heftigste gestritten. Goethe versuchte, nicht hinzuhören, und holte die Pläne aus seiner Tasche. Die Reisepläne, die Lesungspläne und die Baupläne für den Wintergarten.

Er legte sie alle auf den kleinen Schreibtisch im Zimmer. Dann nahm er doch noch einmal das Telefon zur Hand und beobachtete die Umfragewerte. Noch waren sie stabil. Noch. Wenn allerdings dieser Journalist seine Vermutungen unterfüttern könnte, wenn seine Quelle weiter sprudelte, dann würde es nicht lange dauern, bis eine Meldung die Zahlen purzeln ließe. Niemand sollte vor der Wahl von dem Paragrafen 13a und schon gar nicht von der zugehörigen Verordnung, die das Finanzielle regelte, wissen. Und wem Goethe wann und zu welchem Zweck seinen Wagen zur

Verfügung stellte, das ging ja auch keinen was an. Von Steffi ganz zu schweigen. Der Dienstwagen war eine offene Flanke, fiel Goethe nun auf. Wie gut, dass er gerade mit der Bahn fuhr. Das könnte sich noch als Joker erweisen.

Goethe spürte die Versuchung, Steffi anzurufen.

O Steffi.

Der Gedanken an ihre warme Stimme, ihr Lächeln und dann natürlich ihren Rücken und so weiter, hellte die Stimmung des Dichters beträchtlich auf. Er kritzelte einige Zeilen auf die Rückseiten der Pläne. Vielleicht noch kein Gedicht, aber ein Anfang. Das könnte er, überlegte Goethe, vielleicht wirklich zu einem kleinen Bilderbogen für Christiane ausbauen. An Steffi denken, Christiane schenken. Redlichkeit war nie seine Sache gewesen, wenn es um die Dichtung ging.

Er betrachtete die Pläne für den Wintergarten. Natürlich würde Heinrichs von der Denkmalschutzbehörde die Kunststoffe ebenso ablehnen wie die Solarmodule. Aber das war Goethe egal. Der Wintergarten brauchte Licht und Wärme, und beides wollte er haben. Und dieser Denkmalschützer würde für ihn nach der Wahl zu einem zahnlosen Tiger werden.

Goethes Finger tippten verträumt Steffis Diensttelefonnummer in das Handy. Nur ein kleiner Anruf, eine väterliche Mahnung, dass sie um Himmels willen schweigen, sich nicht mehr mit Weber treffen solle; das wäre doch ein schöner Vorwand, um ihre Stimme zu hören, ihre Nähe zu spüren. Aber wenn dieser Journalist an Steffi dran war, sich möglicherweise gerade mit ihr traf, dann wäre es natürlich in höchstem Maße peinlich, wenn Goethe sich genau in dem Augenblick meldete, in dem sie, wie verabredet, bestritt, ihn persönlich zu kennen oder gar Umgang mit ihm zu pflegen. Das heißt über das Maß der Bekanntschaft hinaus, die eine entfernte Nichte von Schiller und Praktikantin in der Denkmalschutzbehörde von Weimar mit einer geistes- und kulturhistorischen Größe wie Goethe nun mal hatte. Nein, er konnte sich nicht bei Steffi melden. Ausgeschlossen. Ihrer Stimme musste er entsagen, bis dieser Journalist Weber aufhörte, in der kleinen Geschichte herumzustochern. Das hatte alles das Zeug zu einem hübschen Skandal, und den wollte Goethe weder sich noch dem Ministerpräsidenten vor dem Wochenende bescheren. Obendrein würde Steffi ja doch wieder von den versprochenen Karriereschritten anfangen, und da würde er sich wieder herausreden müssen und sich am Ende zu noch größeren Versprechungen hinreißen lassen, die das spätere Einhalten nur komplizierter machen würden.

Ohnehin hatte er Wichtigeres zu tun: Für den Abend stand noch eine Lesung an, die wollte vorbereitet werden, schon damit er dem Schiller und seinem offensichtlich sehr verehrten, aber noch nicht eroberten Fräulein Huggelmann zeigen konnte, was eine Harke war.

Der ›Werther‹ war wieder gewünscht, zur Not auch die ›Wahlverwandtschaften‹. Goethe konnte es nicht fassen. Immer und immer wieder wünschten sich die Leute seinen ›Werther‹. Es hatte auch Nachteile, wenn man mit dreißig alles erreicht hatte und dann alt und älter wurde. Nein, das Leben als Klassiker war nicht nur angenehm.

Dann doch lieber die ›Wahlverwandtschaften‹.

Goethe bereitete die Lesung minutiös vor. Mit der Stoppuhr in der Hand ging er die Stellen durch. Eduard und Charlotte, die Debatten mit dem Hauptmann über das Ertrinken, dann die Annäherung, zart wie eh und je, von Eduard und Ottilie und schließlich, Goethes Meisterstück: der plötzliche Tod des Kindes im Teich. Charlotte mit dem Kind, die Busen-Szene. Saftig wie eine reife Mango.

Goethe rezitierte die Stelle. Etwas war mit seiner Stimme nicht in Ordnung. Es kratzte im Hals.

O diese Kinder!, stöhnte Goethe.

Es half kein Räuspern und kein Schlucken. Goethe war auf dem Weg zur Heiserkeit.

Er probierte die Stelle noch einmal. Immer war es ihm gelungen, sein Publikum unter Wasser zu setzen. Ihm selbst liefen gewöhnlich leise Schauer über den Rücken, wenn er sich ganz tief hineindachte in die Szenerie am Teich. Das tote Kind. Kann es etwas Traurigeres geben?

Goethe probierte es wieder und wieder. Er suchte nach der Empfindung, nach der Traurigkeit, die diesem Text so kraftvoll innewohnte. Aber er empfand – nichts. Es waren einfach nur Worte. Worte, die er schon tausendmal gelesen hatte. Worte, denen das Gefühl abhandengekommen war.

Lag es am Hotelzimmer in Northeim? An der Erschöpfung nach den schreienden Kindern vom Vormittag? Oder schlicht an der Heiserkeit?

Nein, es war mehr. Etwas war anders. Etwas war verschwunden. Ein Gefühl, das er immer an dieser Stelle gehabt hatte. Diese Traurigkeit – sie war verflogen. Er dachte an die toten Kinder. Seine toten Kinder. Aber es half nichts: Ihm war ein tiefes Gefühl verlustig gegangen, ein Gefühl, das ihn immer angespornt, ihn zu ewigem Ruhm getrieben hatte. Ein Gefühl, das er nach Belieben empfinden konnte, wie er das kleine Einmaleins aufsagen und das Telefon einschalten konnte. Es war das Gefühl der Angst. Der größten aller Ängste. Der Angst vor dem Tod. Und diese Angst verlor Goethe bei der Vorbereitung der Lesung im Hotelzimmer in Northeim. Goethe schwitzte. Die Provinz hatte es eben in sich. Er hatte es immer gewusst. Das war die wohl größte persönliche Erkenntnis, die er in den letzten fünfzig Jahren gehabt hatte. Aber wie sollte er diese Lesung meisterlich bestreiten, wie sollte er dieses Gefühl bei seinen Zuhörern hervorrufen, wenn er selbst es zu fühlen nicht mehr in der Lage war? Er würde dastehen wie ein Sprachautomat, der einen empfindsam geschriebenen Text mit der größtmöglichen Gleichgültigkeit, Gefühllosigkeit vortrug.

Vielleicht war er inzwischen einfach zu alt für diese Angst vor dem Tod. Goethe dachte voll Schrecken an die Lesung. Dann seufzte er und musste lachen. Keine Angst mehr vor dem Tod. Und was blieb? Die Angst vor der Blamage.

Eckermann rief an.

Goethe ging dran. Alles war besser als das hier. Sogar Eckermann mit seinen Schein-Problemen und katastrophal missratenen Lösungsversuchen.

Er habe einen Termin mit dem Journalisten und frage sich, was er dem sagen dürfe, nuschelte Eckermann.

»Nichts!«, rief Goethe ins Telefon. »Sie dürfen nichts sagen! Alles unterliegt der Schweigepflicht.«

Eckermann wandte ein, dass er nicht als Goethes Arzt, sondern als sein Freund mit ihm spreche, und da gebe es nun mal keine Schweigepflicht.

»Ist mir egal! Das ist ja nur so ein Drecksack von einem Schmierenschreiber. Lassen Sie diesen Hanswurst von Weber stehen, Eckermann! Berufen Sie sich meinetwegen auf das Urheberrecht!«

Eckermann hatte nichts verstanden. Und das mit dem Urheberrecht schon gar nicht.

»Alles, was ich sage, ist Dichtung. Alles! Und meine Dichtung ist mein geistiges Eigentum«, warf Goethe dem begriffsstutzigen Eckermann durchs Telefon an den Kopf. »Wo kämen wir da hin, wenn mich jeder Nichtsnutz zitieren dürfte, ohne dass ich es vorher dem Cotta oder Campe geschickt hätte? Finsterstes Mittelalter, Eckermann. Finsterstes Mittelalter!«

So könne er das dem Journalisten aber nicht sagen, meinte Eckermann, womit er auch wieder recht hatte. Ihm werde aber schon was einfallen.

»Gut, gut. Sie sind ein tüchtiger Kerl, Eckermann«, schloss Goethe versöhnlicher. Wozu das führen mochte, wenn sein Eckermann das Denken begann, das wollte Goethe sich lieber nicht ausmalen. Er wollte mit dieser ganzen Geschichte nichts mehr zu schaffen haben. Alles vergessen. Die Toskana und zur Not sogar den Wintergarten oder die neue Einfahrt. Nur Steffi nicht. Oder doch, wenn es hart auf hart käme, sogar diese. Solche Erinnerungen ließen sich ja zur Not auch noch mit Fantasie nachbilden. Goethe seufzte. Unsterblicher Klassiker zu sein hatte nicht nur Vorteile. Demenz hatte nicht nur Nachteile.

Aber nein, das war zu hart. Das war nicht fair. Goethe beendete das Gespräch. Atmete durch. Legte das Buch für den Abend bereit und lief hinunter in die Lobby, wo er hoffte, Schiller oder gar Fräulein Huggelmann treffen zu können, was allerdings nicht der Fall war. Auch vom huggelmannschen Lieferwagen war nichts zu sehen. Also stiefelte Goethe noch einmal hinauf. Würde er eben am Zimmer des Freundes klopfen. Er brauchte Beistand. Und Schnaps. Und um einen Schnaps war Schiller nie verlegen.

Aber Schiller hatte das »Bitte nicht stören«-Schild rausgehängt, und Goethe war Geisteskumpan genug, das zu respektieren. Er ging eine Tür weiter. Zimmer 9.

Hinter dieser Tür wartete das schöne Fräulein Huggelmann auf erotische Abenteuer mit Klassikern, redete sich Goethe ein. Er suchte in den Untiefen seines aufgewühlten Geistes nach einer ebenso galanten wie durchsichtigen Begründung für sein Auftauchen. Irgendwas mit Büchern. Oder einfach Schnaps. Warum nicht? Er könnte vorspielen, dass Eckermann ihn mit einer Unannehmlichkeit in Weimar nervte und dass er, der arme Goethe, seine Arbeit am großen Roman, dem letzten, den zu schreiben er sich für dieses nicht enden wollende Leben vorgenommen hatte, niemals beenden oder, etwas ehrlicher, beginnen könne. Was auch stimmte. Er hatte seit Jahren kein Wort mehr geschrieben. Anträge, E-Mails, Briefe und Gesetzesentwürfe für die Referenten, ja. Das hatte er wohl zuwege gebracht. Dichterisch hingegen – mal abgesehen von ein paar eher hingeworfenen lyrischen Schnipseln? Sehr mager.

Nun konnte ihm Eckermann als Sündenbock und Steigbügelhalter dienen, das war die Rolle, die Eckermann am liebsten spielte, und Goethe zögerte keine weitere Sekunde.

»Fräulein Huggelmann, Sie müssen mich noch einmal retten«, wollte er sagen, sobald sie die Tür öffnen würde. Er stellte sie sich schon so schön vor, die Dame. Er holte aus, um zu klopfen.

Sein Herz klopfte mit.

Er zögerte doch noch einmal.

War er nicht einfach nur ein eitler, alter Sack? Wie konnte er es nur wagen, in seinem Alter zu glauben, dass er bei Frauens noch Chancen hatte? Andererseits war da Steffi gewesen, und die hatte sich nicht beklagt.

Ermanne dich, sagte sich Goethe und klopfte.

Nichts rührte sich.

Er klopfte noch einmal, lauter.

Nichts.

Sie war nicht da. Schiller ließ das Schild raushängen, und Fräulein Huggelmann war nicht da. Was lief denn hier?

Goethe schlich an der Tür seines Freundes vorbei. War Schiller am Ziel? Hatte er, was er offensichtlich ersehnte?

Goethe wollte nicht lauschen. Bestimmt nicht. Er blieb stehen. Niemals würde er an der Tür des Freundes lauschen, um herauszufinden, was er gar nicht wissen wollte.

Er hörte Schiller etwas brummeln. Dann ein Lachen. Spitz, fand Goethe. Absolut spitz. Eindeutig weiblich. Eindeutig. Das war Fräulein Huggelmann. Kein Zweifel: Schiller hatte es geschafft.

Goethe ließ den Kopf hängen. Er ging die Treppe runter und verließ das Hotel.

Ein kleiner Spaziergang konnte nicht schaden.

Sie strömten. Doch, doch, zwanzig, dreißig Leute gaben schon einen Menschenstrom her. Zugegebenermaßen war es ein kleiner Strom, der aber recht zielstrebig in die Buchhandlung an der Ecke floss. Northeim. Nicht schön, aber zuverlässig.

Goethe las. Er fand sich grauenhaft. Lust- und gefühllos. Aber ein Blick ins Publikum zeigte ihm eine nie erwartete Wirkung: Selbst Schiller standen die Tränen in den Augen. Niemand hatte bemerkt, wie gleichgültig Goethe der Text war. Niemand. Der Text wirkte durch ihn, ohne dass er viel unternehmen musste. Einer der Anzugträger in der ersten Reihe gähnte zwar, aber wenn er sich auch langweilte, so tat er dies mit der angemessenen Schweigsamkeit – und nicht so laut wie die Kinder vom Vormittag. Der Applaus klang nach tiefer Ergriffenheit und bewundernder Zuneigung.

Schiller las ebenfalls. Nicht ganz so glücklich mit seiner Textauswahl, denn der Roman, das war nun mal seine Sache nicht. Da hatte er wenig zu bieten. Also hatte er sich ein paar Gedichte gegriffen und einige Verse hinzugedichtet. Ansonsten verlegte sich Schiller ganz und gar auf das Gespräch und hier besonders auf das Redenlassen des Publikums.

Jeder hatte etwas zu ihnen zu sagen. Jeder. Und meistens

ging es um die Themen Schule und Auswendiglernen; qualvolle Stunden, die die Schüler mit Goethes und auch mit Schillers Texten zubringen mussten.

»Aber Sie sind trotzdem zu uns gekommen«, schloss Schiller diese Aussprache. »Oder wollen Sie uns doch noch eins in die Fresse hauen?«

Die Anwesenden zuckten zusammen ob der groben Worte aus des Klassikers Munde. Goethe lächelte. Tja, wenn sie damit nicht gerechnet hatten, dann kannten sie seinen Schiller schlecht.

Fräulein Huggelmann hatte den Abend frei. Immerhin war sie hier bei der Konkurrenz. Aber sie hatte es sich nicht nehmen lassen, die Herren dennoch zu begleiten.

Nun saß sie in der letzten Reihe und lächelte zu ihnen nach vorne. Sie machte einen befriedigten Eindruck, dachte Goethe. Und sein Freund auch. Matt, müde und befriedigt. Grässlicher Gedanke.

Goethe signierte Bücher. Zerfledderte alte Bücher.

Und er ließ sich ablichten. Alte Frauen und dicke Männer wollten sich mit ihm und Schiller fotografieren. Schiller wirkte so müde, dass Goethe auf einen kleinen Absacker in trauter Zweisamkeit mit Fräulein Huggelmann hoffen durfte. Dann würde er Punkte aufholen. Aber ganz sicher.

Doch als er den Kopf hob, um sich der Gegenwart der Huggelmannschen zu vergewissern, wurde er gewahr, dass sie den Ort bereits verlassen hatte.

Osterode

Doppellesung. Das Wort wurde zum Hassobjekt für Goethe. Ebenso die Durchsagen der Bahn, die Bahnsteige, Züge, Mitreisenden. Diese Menschen, die gingen ihm ganz gewaltig auf den Senkel. Und dann immer diese Lehrer!

Aber in Osterode war alles ein bisschen anders. Der Schulleiter war eine Schulleiterin mit langen dunklen Haaren und verschwenderischem Charme. Schiller schmachtete sie direkt an, was Fräulein Huggelmann bemerken musste. Nun zog Goethe an Schiller vorbei auf die Huggelmannsche zu, ging ihr ein wenig beim Auspacken der Kisten zur Hand, bis die Huggelmann ihm endlich die ersehnte Hand auf den Arm legte.

»Lassen Sie mal, Herr Goethe. Schonen Sie Ihre Kräfte, die brauchen Sie noch.«

Goethe errötete. Wie meinte sie das? War das ein Versprechen?

Jedenfalls hatte er seine Berührung bekommen. Und Schiller, der würde bei dieser Doppellesung den Kürzeren ziehen, das sollte der Schuft erleben. Denn Goethe wusste, was er lesen würde. Das Märchen! Ha, damit hatte der Kerl mit seinen Räuberpistolen nicht gerechnet. Kinder lieben Märchen, das glaubte Goethe zu wissen. Doch, doch, das hatte er irgendwo gelesen. Und Pädagogen fanden Märchen wichtig für die kindliche Entwicklung; hoffte Goethe. Obendrein hatten sie es in Osterode mit Schülern des fünften und des sechsten Schuljahrs zu tun. Die würden ihm die Füße küssen, Fräulein Huggelmann wäre beeindruckt, und die Presse war auch angemeldet, sodass selbst Cotta entzückt wäre. Goethe sah die Rezension der Lesung schon vor sich: »Klassiker noch immer hochaktuell«. »Klassiker treffen Kinder ins Herz«. »Goethe vor Schiller beliebtester Dichter der Deutschen«. Doch, doch, ganz sicher würde die ›Hannoversche Zeitung‹ etwas in der Preisklasse schreiben.

Die Aula war zwar nur eine Aula, so staubig und verkommen wie viele andere öffentliche Räume, aber Goethe war wild entschlossen, dieses Podium zu seinem Podium zu machen. Die Bestuhlung war beachtlich. Das würden wohl an die zweihundert Kinder werden.

»Hundertachtzig«, sagte die Schulleiterin auf Schillers Nachfrage.

»Und die Presse?«, fragte Goethe.

»Ach so, die, ja, nein, ich weiß auch nicht«, stammelte die Schulleiterin plötzlich. »Doch, da wollte jemand kommen von der Zeitung, meine ich.«

»Warten wir's ab.« Goethe war zuversichtlich. In freudiger Erwartung schwang er sich auf das Podium der Aula. Schiller stieg schwer atmend hinter ihm her.

»Haben Sie sich verausgabt?«, fragte Goethe so unschuldig wie möglich.

»Gestern Nachmittag und die halbe Nacht«, gestand Schiller etwas offener, als es Goethe lieb war. Der Kerl schien jeden Anstand fahren zu lassen.

»Was soll ich sagen? Es war große Klasse, aber es zehrt eben doch an den Kräften.«

Goethe nickte und kommentierte das nicht weiter. Solche Details wollte er gar nicht hören.

Die Schüler erstürmten den Saal. Sie wurden von den Lehrern in die Reihen gescheucht. Immerhin hatten sie nach fünf Jahren Schule gelernt, den Mund zu halten und zuzuhören.

»Wollen Sie wieder anfangen?«, fragte Schiller.

Goethe warf einen Blick in die hinteren Reihen. Von der Presse war noch nichts zu sehen. Er schüttelte den Kopf. »Diesmal lasse ich Ihnen den Vortritt, bester Freund.«

Schiller nickte matt. Dann setzte er ein Lächeln auf. Hart wie Beton. Willensschwach war Schiller nie gewesen. Selbst mit dem dicksten Schädel und einer Fahne aus Alkohol und Pfefferminzbonbon konnte der noch beim Herzog oder Ministerpräsidenten vorsprechen, ohne zu stottern oder zu stammeln.

Aber nützen würde ihm das nichts. Er konnte hier nur baden gehen. Fräulein Huggelmann hatte die Bücher wie immer vor sich ausgebreitet. Sie trug heute einen sommerlich kurzen Rock und dazu eine unaufgeregte, aber reizende Bluse. Es gab eben doch einen Fortschritt in der Mode, fand Goethe. Er ertappte sich dabei, dass er sich die Lippen leckte. Nicht gut. Das könnte ja so aussehen, als würde er gleich jemanden vernaschen wollen. Nichts anderes hatte er im Sinn, aber es galt doch zunächst noch den Schiller aus dem Weg zu räumen. Was heute ein Leichtes sein würde. ›Die Glocke‹ stand auf der Wunschliste der Schule und im Konzept der Göttinger Sieben. Der Text brachte die Schüler sicherlich nicht in Wallung – und im

Anschluss würde Goethe mit seinem Märchen punkten. Bei den Schülern und mithin bei Fräulein Huggelmann und, wer weiß, was der Tag noch bringen würde, am Ende auch noch bei der attraktiven Schulleiterin.

Doch die schlug sich alsbald selbst aus Goethes Kopf oder Herz. Denn als sie die Schüler begrüßte, bemerkte Goethe wieder diese Metamorphose, die manchen Pädagogen eigen war: Aus der attraktiven Frau wurde mit dem ersten Wort, das sie an ihre Schüler richtete, eine Institution. Institutionen haben keinen Sex-Appeal. Nie gehabt. Alle Ausstrahlung verwandelt in strikte, bedingungslose Konventionalität. Aller Charme niedergebürstet von drohenden Zensuren und Zeugnissen. Was gaben diese armen Menschen nicht alles auf für diesen Beruf, dachte Goethe.

Er lächelte siegessicher Richtung Huggelmann. Die stand in der letzten Reihe und winkte mit den Fingern der rechten Hand ihren Helden zu.

»Herr Schiller wird euch gleich sein berühmtestes Gedicht vortragen«, schloss die Schulleiterin ihre Ansprache. »Es handelt von einer Glocke. Und Herr Goethe liest aus …« Sie drehte sich zu ihm herum. »Aus was eigentlich?«

»Ein Märchen«, sagte Goethe.

»Ein Märchen«, wiederholte die Schulleiterin für die Schüler, als würden die die deutsche Sprache nur dann verstehen, wenn sie aus dem Munde der Institution kam.

›Glocke‹ gegen ›Märchen‹. Goethe hätte fast lachen müssen. Schiller war erledigt. Wo nur die Presse blieb?

Doch dann übergab die Schulleiterin Schiller das Mikrofon, und dieser Schuft sagte: »›Die Glocke‹ ist ja eine alte Klamotte. Ich habe aber gelernt, dass ihr viel lieber andere Geschichten hört.«

Goethes Lächeln gefror; die Schulleiterin guckte etwas unsicher und schien Einspruch erheben zu wollen. Aber da kannte sie Schiller schlecht: Der Dichter hatte entschieden, und er zog seine Entscheidungen durch. Dafür war er bei Freunden und Feinden zugleich berühmt, berüchtigt und beliebt. Goethe sah nach links zu seinem Dichterkollegen. Der bückte sich und holte einen Stapel Papier aus der Tasche.

»Ich habe etwas Neues mitgebracht. Ein Buch, das ich ›Der geheime Pfad des dunklen Lichts‹ genannt habe.«

Die Schüler schwiegen.

»Es ist Fantasy.«

Da brandete ein erfreutes Raunen auf, das bei den Schülerinnen und Schülern in eine entspanntere Sitzhaltung abebbte.

Fantasy? Das Wort war Goethe zwar geläufig, aber er beließ diese Abscheulichkeit von einem minderwertigen Ausdruck doch lieber in seinem passiven Wortschatz. Schlimm genug, dass es da hineingeraten war. Aber Schiller, die korrupte Sau, kannte nichts: Er las tatsächlich eine stümperhaft zusammengeschusterte Geschichte von Elfen und Einhörnern, Gnomen und vielen bösen, finsteren Mächten, die im Krieg mit einer Heerschar von aberwitzig abgedroschen gezeichneten, unmotiviert handelnden Figuren-Versatzstücken aus tausendundeinem Papierkorb lagen. Es war schaurig. Schaurig schlecht konstruiert und miserabel geschrieben – selbst bei den Dialogen, von denen Schiller, der Dramatiker, doch etwas verstand oder zumindest verstehen sollte und ehemals verstanden hatte, stellten sich Goethe die ästhetischen Nackenhaare auf.

Die Schüler hingegen liebten es. Die Gesichter öffneten sich, die Wangen wurden rot, sie kauten an den Nägeln, bohrten versonnen in den Nasen, ließen die Klettverschlüsse schweigen, und die Freundinnen nahmen einander an den Händen und hatten Tränen in den Augen, als Schiller die Einhörner, warum hatte er sie nicht gleich rosa eingefärbt?, im Mondenschein sterben ließ.

Selbst diese Direktorin hing an Schillers Lippen und schluckte deutlich sichtbar vor Rührung. Fräulein Huggelmann lächelte versonnen. Goethe wünschte sich die alte Mode herbei. Die mit den höheren Krägen, hinter denen man das Gesicht verbergen konnte – das war doch der letzte Schund! Das war Trivialliteratur von der übelsten Sorte! Das war weder eines Schillers noch seines Rufs als Klassiker würdig. Nur gut, dass die Presse nicht da war. Sonst würden sie noch als senile Deppen durch die Gazetten geschleift werden, statt verkaufsfördernd als Geistesgrößen, die sich der Provinz annahmen, gefeiert zu werden.

Der Beifall war gewaltig. Es hagelte Zugabe-Rufe und stehende Ovationen, als die Tür aufging und der Pressefritze mit seiner Kamera hereinkam. Schiller verbeugte sich wieder und wieder. Der Pressemann lichtete Schiller und die begeisterten Gesichter der klatschenden Kinder ab.

Goethe brachte sich ebenfalls in Position. Welche Miene sollte er zu diesem Spiel aufsetzen? Lächeln? Aber natürlich, sonst sähe er am Ende noch eifersüchtig aus, und das käme nicht gut beim Publikum an. Also lächelte er und applaudierte seinem Freund und Kollegen so herzlich und scheinbar verbunden, wie er nur konnte. Wir stehen zusammen, sollte dieses Bild erzählen. Wir stehen zusammen.

Noch während er applaudierte, erschien ihm die Situation doch nicht so übel. Schiller hatte mit seinen Trivialitäten doch immerhin eines bewirkt: Diese Kinder hatten ihm zugehört. Goethe hoffte, dass nun der Boden für ihn bereitet wäre. Sie hatten gehört, was Texte vermochten. So blöd, dass sie das Triviale vom Kunstvollen nicht zu unterscheiden wissen, würden die Schülerinnen und Schüler schon nicht sein. Schiller hatte sozusagen den Weg in die Herzen planiert. Nun war es an Goethe, ein Samenkorn hineinzulegen. Dies war eine Aufgabe, der er sich gewachsen fühlte. Doch, doch, das konnte klappen. Auch und gerade mit dem Märchen. Und wenn es auch nicht bei allen Kindern gelingen würde, so doch mit Sicherheit bei den nicht ganz tumben und unter Garantie bei dem Lehrpersonal und natürlich bei Fräulein Huggelmann. Schiller als Dampfwalze, Goethe als Sämann der Poeterey – die Rollenverteilung war nicht schlecht.

»Wann haben Sie das nur alles zu Papier gebracht?«, fragte er Schiller, als der Applaus nachließ.

»Gestern Nachmittag und die halbe Nacht«, antwortete Schiller achselzuckend und sah seinen Freund etwas verwirrt an. »Hab ich doch gesagt.«

Ach deshalb, dachte Goethe erleichtert und applaudierte erneut, diesmal mehr und herzlicher.

Aber dann brachte die Schulleiterin die Schüler mit einem einzigen pädagogisch aufgeladenen Blick zum Schweigen. Goethe war dran. Nun wurde er doch wieder etwas nervös. Diese Schüler, die erwarteten irgendetwas. Wenn es auch unbestimmt war, denn jedes Publikum kommt ja immer mit einer Erwartung zu einem Dichter. Und wenn es nur die Minimalerwartung war, vom vortragenden Dichter für die Zeit des Vortrags mit was auch immer für einem Text nicht gelangweilt zu werden. Was das betraf, glichen sich Kinder und Erwachsene als Publikum vollkommen, und noch während er das Buch aufschlug, wurde Goethe schlagartig klar, dass das Konzept der Göttingern Sieben durchaus Pfiff hatte.

Goethe schickte noch einen geistreichen Blick zur Seite, wo sich der Pressefotograf, der nun auch noch von einer kritzelnden Journalistin in der letzten Reihe unterstützt wurde, in Position gebracht hatte. Dann sah er in die offenen, freudigen, erwartungsvollen Gesichter der Kinder. Und begann zu lesen.

Doch schon auf der Hälfte der ersten Seite war Goethe klar, dass er die Minimalerwartung nicht erfüllte. Die eben noch von Schillers Schundheftchen geöffneten Gesichter verschlossen sich. Enttäuschung machte sich breit. Dann Stühlerücken, leises Murmeln, und es dauerte nicht lange, bis auch die ersten Klettverschlüsse wieder erwachten.

Es war, als würde er gegen eine Wand lesen. Eine Wand, die Schiller gerade erst für ihn aufgesprengt hatte und die sich vor seinen Augen mit einer solchen Wucht schloss, dass er seinem eigenen Text gegenüber Ekel empfand. Sie liebten ihn nicht, diesen Text. Und sie liebten ihn nicht, diesen Autor. Und Goethe hatte fast das Gefühl, als könne er ihnen das nicht übel nehmen.

Was für ein Reinfall, dachte Goethe. Der ›Werther‹ wäre bestimmt besser gewesen.

Die Pressefritzen schlichen sich im artigen Applaus hastig aus dem Raum.

Schade, dachte Goethe. Eigentlich hatte er sich noch auf ein Interview gefreut – im eloquenten Improvisieren war er schon immer gut gewesen.

Nach der üblichen Fragerunde (Sind Sie berühmt? Sind Sie reich? Haben Sie Kinder? Warum schreiben Sie Bücher? Wie lange haben Sie für Ihr dickstes Buch gebraucht?) schleppte sich Goethe aus der Aula. Die Schulleiterin bat die Vortragenden ins Lehrerzimmer.

»Wir haben belegte Brötchen und Kaffee, wenn Sie mögen.«

»Gerne«, sagte Schiller. »Saja, kommst du mit?«

Die Buchhändlerin schloss rasch ihre Kasse, hakte sich bei Schiller unter und stürmte hinter dessen ausladenden Schritten her Richtung Lehrerzimmer.

Pudel, dachte Goethe. Begossener Pudel. So fühlte er sich. Aber er streckte den Rücken durch, hielt sich wacker und gerade und schritt hinter den anderen her.

Mehr aus Verlegenheit denn aus Dienstfertigkeit schaltete er sein Handy wieder ein und vermutete zunächst einen Programmfehler, als er die App mit den Umfragewerten sah. Da stimmte etwas nicht. Die Zahlen gingen nicht unerheblich nach unten.

Drei E-Mails von Eckermann. Eine aus der Staatskanzlei. Aber nicht von seinem Freund und Bundesgenossen, dem Ministerpräsidenten des schönen Landes Thüringen. Nein, sie kam wieder von seinem Pressereferenten Schmitz.

»Wir wissen von nichts!«

Das war alles. Keine Anrede, kein Betreff, keine Grußformel. Rasenmäher Schmitz benutzte seine Parolen als Patronen. Goethe fühlte sich aus dem Hinterhalt erschossen, ohne recht zu verstehen, was passiert war.

Sich Klarheit erhoffend, öffnete Goethe doch noch die E-Mails des getreuen Eckermann. Der war ungleich wortreicher; in den ersten beiden Schreiben berichtete er sowohl von einem Interview mit ihm selbst als auch mit einer unbekannten Quelle, wobei Eckermann durchaus eine Vermutung habe, wer dahinterstecken könne. Goethe schwitzte. Aber bitte nicht Christiane! Goethe klickte auf den Link, den Eckermann geschickt hatte. Ein Artikel aus der ›Hannoverschen Zeitung‹. Ausgerechnet. Die wurde doch auch hier im Harz noch gelesen oder durchgeblättert.

Das Bild zeigte sein Haus am Frauenplan.

»Die Klassiker-Affäre«, stand da in großen Lettern. Affäre! Was für ein Wort. Und süffisant war es auch noch gemeint. Respektlos. Goethe gefiel das nicht. So eine Frechheit! Wie konnte dieser Schmierenschreiber es wagen, sein Privatleben dermaßen in das Licht der Öffentlichkeit zu zerren? Vom Dienstwagen war da die Rede, und die Frage wurde aufgeworfen, warum ein Privatier wie Goethe überhaupt einen Wagen auf Kosten eines Bundeslandes fuhr. Der Ministerpräsident wurde dafür angegriffen, dass er

Goethe den Dienstwagen zugeschustert habe. Goethes Wahlkampfeinsatz für die Schulpolitik erschien nun eher als zwielichtige Vetternwirtschaft. Das erklärte zumindest den Einbruch der Umfragewerte. Aber was war das denn für ein Unfug? Er war doch kein Privatier! Er war Goethe! Er war wandelndes deutsches Kulturdenkmal! Er war durch und durch öffentlich. Bis auf die Sache mit Steffi, versteht sich. Er war mindestens so schützenswert wie der Kölner Dom, die Musik Bachs und die Handschriften vom toten Kant, auf den Schiller so stand. Eigentlich gehörte er hinter Glas ausgestellt. Ein Museum, ein Standbild, ein Archiv, all das wäre angemessen. Da war so ein kleiner Dienstwagen, noch dazu mit diesen Schrammen an der Seite, doch lächerlich im Vergleich. Nein, nein, Thüringen konnte ruhig etwas für Goethe tun. Immerhin hatte er dem Land nicht gerade wenig gegeben. Schließlich war er nicht gezwungen worden, den ›Faust‹ zu veröffentlichen. Das war seine freie Entscheidung gewesen. Und was wäre Thüringen, was wäre Deutschland ohne seine Klassiker? War nicht Goethe der unangefochtene Primus unter den wenigen Dichtern und Denkern, die sich dazuzählen lassen durften? Was hätten Shakespeare, was hätten Racine, Diderot und Baudelaire wohl von ihren Ländern bekommen, wenn sie noch am Leben wären? Schlösser, Jachten, Flugzeuge – das waren die Kategorien, in denen Klassiker die Dankbarkeit eines Volkes aufzurechnen gewohnt waren. Aber so ein Auto?

Doch dann las Goethe den Artikel weiter, und da war tatsächlich von Lustreisen die Rede. In die Toskana. In Goethes Ferienhaus, von dem bis heute auch noch nicht klar sei, ob der Staat das finanziert oder Goethe es selbst gekauft habe. Ferner warf der Journalist die Frage auf, ob tatsächlich Mitarbeiter der Denkmalschutzbehörde mit Goethes Dienstwagen nach Italien gekarrt worden seien. Um diese Vermutung zu überprüfen, sei ein Blick ins Fahrtenbuch nötig, aber der sei ihm, dem Journalisten, verwehrt worden. Was von alledem der Ministerpräsident eigentlich wisse, das müsse auch noch geklärt werden.

Das alles klang nicht gut, aber nicht aussichtslos. Immerhin waren weder die Umbaupläne für den Frauenplan noch der für die neue Legislaturperiode geplante Paragraf 13a bis zum Journalisten durchgesickert.

In seiner dritten E-Mail legte denn auch Eckermann seine Vermutung über die undichte Stelle offen: Heinrichs in der Denkmalschutzbehörde in Weimar. Klar, an den hatte Goethe ebenfalls gedacht. Heinrichs schoss quer und das im Wahlkampf. Das war nicht gut. Das musste er abstellen, und zwar schleunigst.

Goethe ertappte sich dabei, wie er lächelte. Alter Kampfgeist keimte auf. Heinrichs, vor dir graut mir garantiert nicht, du Waschlappen. So einen Abteilungsleiter würde er schon noch austauschen können.

Goethe skizzierte im Geiste rasch ein Dementi. Er würde alles abstreiten, haltlose Behauptungen. Steffi würde dichthalten, da war sich Goethe sicher. Diese Lippen waren verschlossen. Für sie stand eine aufkeimende Karriere auf dem Spiel, die würde sie niemals riskieren. Wenn er es tatsächlich schaffen sollte, Heinrichs Stuhl freizubekommen, dann könnte er auch das Versprechen Steffi gegenüber halten und sie zur neuen Leiterin der Behörde ernennen lassen. Ha, wie es sich fügte! Wie es sich fügte!

Dem Heinrichs musste der Eckermann oder besser noch Pressereferent Schmitz etwas unterschieben. Alkoholismus ging im Grunde immer. Und gleichzeitig würde Goethe ihn mit gespielter Zurückhaltung angreifen, ganz klassisch – armer Mensch, sehr begabt, und er, Goethe, habe Heinrichs schon vor Längerem dringend eine Auszeit empfohlen. Das war zwar ein durchschaubares Manöver, aber was vor zweihundertfünfzig Jahren schon funktioniert hatte, funktionierte in der Politik eben noch immer wunderbar. Ob der Pressereferent Schmitz da wohl mitspielen würde? Den konnte Goethe nie so recht einschätzen. Andererseits ging es ja um die Wiederwahl des Ministerpräsidenten, und da würde Schmitz hoffentlich ein Einsehen haben.

Dies bei sich hin und her überlegend, bog Goethe auf die Zielgerade zum Lehrerzimmer ein, als die Journalistin aus der Lesung auftauchte.

»Herr Goethe, haben Sie noch Zeit für ein kleines Interview?«

Da hatte er sie. Die Öffentlichkeit. Dafür waren sie doch aus der Provinz Weimars in die Provinz im Schatten des Harzes gereist. Er musterte die Journalistin. Was wusste sie? Kannte sie den Artikel in der ›Hannoverschen Zeitung‹?

»Worum geht es Ihnen denn?«, fragte er.

»Ich habe nur ein oder zwei Fragen zu Ihrem Arbeitsalltag«, sagte sie. Doch Goethe witterte Unredlichkeit oder gar Neugier und den Hang zur Recherche bei dieser Dame.

»Ich muss aber die Antworten sehen, ehe Sie sie drucken«, sagte er etwas schärfer, als er wollte.

Da hob die Journalistin die Augenbrauen und war sehr überrascht. »Klar, können wir machen. Aber das ist bei uns eigentlich nicht üblich.«

Goethe zuckte mit den Schultern und wandte sich dem Lehrerzimmer zu. »Dann nicht.«

»Sie stehen wohl sehr unter Druck wegen der Dienstwagen-Affäre?«, fragte sie nun.

Goethe schwieg. Kein Wort mehr. Nichts würde diese falsche Schlange von ihm hören. Kein Wort. Er klopfte am Lehrerzimmer.

»Vergessen Sie das Interview«, sagte Goethe. »Fragen Sie von mir aus den Schiller nach seinem Arbeitsalltag.«

»Aber Herr Goethe, wir wollten doch nur wissen, ob und wann …« So waren diese Journalisten. Wie die Schmeißfliegen. Wenn sie einmal einen Hauch von Unrat rochen, wurde man sie nicht mehr los. Goethe klopfte abermals an der Lehrerzimmertür.

Und es ward ihm aufgetan.

Goethe hätte nie gedacht, dass ihm ein Lehrerzimmer einmal als Zufluchtsort, als Wartburg der besonderen Art vorkommen würde. Aber so war es. Er ließ sich auf den Stuhl neben Schiller gleiten. Er fasste den Freund am Arm.

»Retten Sie mich«, flüsterte er.

Schiller grinste. »Klar doch. Erst mal ein belegtes Brötchen«, sagte Schiller. »Die nächste Lesung wird bestimmt besser. Ich habe noch etwas entworfen, eine Indianergeschichte. Wenn Sie wollen, kann ich Sie Ihnen überlassen. Sie ist aber noch etwas roh. Aber damit könnten Sie sich vielleicht gleich aus der Affäre ziehen.«

Affäre. Da war es wieder. Das Wort. Fast so grässlich wie »Doppellesung« und »Fantasy«.

Goethe spielte kurz mit dem Gedanken, ob das wohl ein eigenes Werk sein könnte. So eine Art Buch der abscheulichen Wörter des Deutschen. Aber wer sollte das lesen oder gar kaufen? Und wozu?

Als Goethe auch noch die tuschelnden Lehrerinnen und die Zeitung am anderen Ende des Tisches bemerkte, wünschte er sich nur noch weg. Weit, weit weg.

Aber das ging nicht. Sie mussten jetzt die Stellungen halten: Eckermann in Weimar, der Ministerpräsident in Erfurt und er eben hier in, wie hieß das Nest? Osterode, genau. Irgendwie würde es weitergehen. Irgendwie war es immer weitergegangen.

Es ging weiter. Nur eben nicht besonders geschmeidig: Die zweite Lesung war nicht viel besser als die erste. Goethe las ein paar Seiten ›Werther‹, den Anfang vom Märchen und das missratene Ende von Schillers Indianergeschichte. Es war ihm erstaunlich gleichgültig, was er las. Das schien allerdings niemand zu bemerken. Die Schulleiterin bedankte sich artig, wünschte einen schönen Tag. Dann trotteten sie aus der Schule.

Goethe wagte es gar nicht, nach dem Fräulein Huggelmann zu sehen. Er hatte sie garantiert nicht beeindruckt mit dieser stümperhaften Leistung. Da brauchte er seinen Charme gar nicht erst auszupacken.

Doch die Huggelmann schien Kummer dieser Größenordnung gewohnt zu sein. Nicht auszudenken, wem sie schon alles beim Versagen vor Publikum zugeschaut hatte. Die anmutige Buchhändlerin hakte sich links bei Goethe, rechts bei Schiller ein, gab beiden mit je einem leichten Hüftschwung einen Stoß, der sie verzauberte und tröstete, und sagte: »Jetzt gehen wir erst einmal schön mittagessen, meine Lieben. Ich habe meinen Chef gefragt, der stammt aus dem Harz. Ich weiß, wo wir uns nicht vergiften. Und es ist auch nicht weit zum Hotel.«

Von den letzten beiden Sätzen stimmte nur der letzte. Sie zogen in einen »Ochsen« oder »Bären«, eines jener Lokale, das sich auf die Verwertung von Altfett in der Gastronomie spezialisiert hatte und diese Art der kostengünstigen Entsorgung von Abfallstoffen durch menschliche Körper ausreizte, bis das Ordnungsamt einen Riegel vorschob. Goethe mochte sich gar nicht vorstellen, wie viele Kilos dieser Chef wohl auf die Waage bringen würde. Geschmacksknospen hatte der aber garantiert nicht mehr – oder er trieb es mit der Küchenchefin, falls das nicht seine Schwester war. Oder beides.

Als Goethe seinen Teller in diesem in abscheulichem Braun gefliesten Lokal von sich schob, fühlte er sich nicht nur alt. Ihm war auch ein wenig übel. Schiller war ebenfalls schweigsam; er stocherte noch leise stöhnend im Bohnensalat herum. Aber Fräulein Huggelmann war ganz und gar jugendlich und sprühte vor Tatendrang. Sie nahm noch einen Schluck vom Mineralwasser und frohlockte: »Unser Hotel hat ein Schwimmbad. Wie sieht es aus, haben Sie Badesachen dabei? Dann könnten wir doch nachher zur Entspannung unsere Bahnen ziehen. Und um halb sieben gehen wir zur Abendlesung in die Stadtbibliothek.« Fräulein Huggelmann lächelte ihre Klassiker in Grund und Boden.

»Eine wunderbare Idee«, log Goethe. Oh, diese Stühle! Wer hatte nur diese unbequemen und abscheulich aussehenden Stühle ersonnen? Vermutlich waren sie so billiger herzustellen oder stapelbar. Oder es war einfach ein grässliches Missgeschick passiert, ein Missgeschick, auf dem Goethe nun seinen Rücken vollends ruinieren musste. »Ich habe sicherlich meine Badehosen eingepackt.« Er spekulierte darauf, dass er sich noch eine kaufen konnte in diesem Ort. Präservative, absurde Artikel für Zahnhygiene und Bademoden, die gab es überall in der Provinz.

Auch Schiller nickte. »Das wird ein Quell der Entspannung und Vitalisierung werden. Gönn uns nur noch ein bisschen Ruhe, Saja«, hauchte er.

Sie verabredeten sich auf halb vier im Schwimmbad des Hotels.

»Das Mittagessen geht auf mich«, sagte Goethe großzügig. »Sie können sich schon entfernen, ich habe noch die ein oder andere Kleinigkeit zu regeln.«

Fräulein Huggelmann dankte herzlich, Schiller fast routiniert, dann ließen sie ihn allein. Goethe bestellte noch einen Kaffee, mehr um den Kellner und somit letzten Zeugen loszuwerden, und rief Pressereferent Schmitz auf der Notfallnummer an.

»Was ist?«, meldete sich dieser.

»Wir müssen Schaden abwenden«, hub Goethe an und empfahl die Suspendierung von Heinrichs in der Denkmalschutzbehörde in Weimar. Er breitete den ganzen Plan vor Schmitz aus, warb auch dringend für Steffi als Nachfolgerin von Heinrichs. Schmitz antwortete knapp und gab seine Zustimmung zur Absetzung von Heinrichs, wenn er denn die Quelle sei, aber da sei Goethe sich ja sicher. Dann regte er an, dass Drogen ein besseres Argument seien als Alkohol und die sofortige Verhaftung wegen einer Packung Koks vorteilhafter sei als ein langwieriger Abmahnungsprozess wegen Alkoholmissbrauchs im Amt. Das Ganze schien Schmitz durchaus Spaß zu machen, er versprach, sich um seinen Part zu kümmern, lehnte allerdings Steffi als Nachfolgerin ab und nahm Goethe das Versprechen ab, sich nie wieder mit der Dame zu treffen.

»Das ist Ihnen doch klar, Herr von Goethe? Wir sind im Wahlkampf! Vergessen Sie Steffi und halten Sie Ihre Hose im Zaum!«

Hören Sie mal, wollte Goethe erwidern, aber Pressereferent Schmitz duldete keine Widerrede. Er solle im Dementi keinen Mist schreiben, sonst könne er ihm auch nicht mehr helfen. Schmitz legte auf, ehe Goethe Grüße an den Ministerpräsidenten auftragen konnte. Schmitz eben. Der Mann war einfach zu schnell für einen Klassiker.

Der Kaffee kam, und Goethe bereute die Bestellung, sobald er daran nippte. Er begann ein blumiges Dementi auf dem Handy zu tippen. Nichts von dem, was der Journalist da schreibe, sei wahr. Das sei alles aus einer Quelle, die

Goethe kenne und im Grunde schätze, von der aber stadtbekannt sei, dass sie es mit der Wahrheit nicht so genau nehme. Ferner sei die Quelle ziemlich ausgebrannt, er selbst, Goethe, habe seine Hilfe bereits angeboten, um dem armen Menschen eine Auszeit zu ermöglichen. Gegen den Journalisten, der noch nicht mal die banalsten Fakten recherchiert habe, behalte sich Goethe allerdings rechtliche Schritte vor. Er spürte förmlich, wie sein Kopf aus der Schlinge glitt, als er seinen Text noch einmal durchlas. Gleichzeitig mit dem Erscheinen dieser Zeilen würde Heinrichs mit dem Koks erwischt und verhaftet werden. Einfach wunderbar.

Er überlegte nicht mehr lange und schickte das Dementi an die Redaktion der Zeitung und in verdeckter Kopie an Eckermann und das Büro des Ministerpräsidenten. Dann nahm er doch noch einen Schluck von diesem Kaffee. Er schmeckte nach einem Hauch des Styx. Seit wie vielen Tagen stand der denn schon in der Kanne?

Steffi rief an. So was aber auch. Goethe drückte sie weg. Er brauchte nicht lange auf ihre Nachricht zu warten. Ob es stimme, dass er sie nicht mehr sehen wolle. Ob es stimme, dass er nichts mehr für sie tun wolle, wollte sie wissen.

Da steckte doch der rasend schnelle Schmitz hinter.

Goethe antwortete nicht.

Er ließ sich die Rechnung bringen, bezahlte, verließ das Lokal und suchte nach einem Laden, in dem er eine angemessene Badehose erstehen konnte.

Er wählte ein Exemplar, das ihm auf der Stange nicht gar so gewagt vorkam, verzichtete auf eine Anprobe, ließ sich auch noch eine passende Schwimmbrille aufschwatzen und bezahlte.

Dass es ein Fehler gewesen war, die Bademode nicht anzuprobieren, merkte Goethe nach seinem Mittagsschläfchen. Es war eine Art Dreieck, das mehr Blickfang als Verhüllung sein wollte, und vor allem brachte es sein Gemächt in eine Position, die ihm nicht so recht behagte. Aber die Zeit drängte, und er hatte keine Wahl. Wenn er Fräulein Huggelmann im Bade nicht Schiller überlassen wollte, galt es, jetzt zu diesem Unding von einer Badehose zu stehen und sich auf den Weg zu machen.

Goethe hüllte sich in den viel zu langen weißen Bademantel mit der erfrischend undemokratischen Aufschrift »EIGENTUM DER KRONE«, nahm sich das Handtuch und die Schwimmbrille und schlitterte in den Badeschlappen des Hotels hinab ins Untergeschoss.

Das Schwimmbad des Hotels war durch eine schwere und eine leichte Tür vom Rest des unwirklichen Hotel-Lebens getrennt. Die schwere Tür war aus Stahl. Im kurzen Flur dahinter schlug Goethe feuchte Wärme entgegen, die wohl aus den zwei Duschen kommen musste. Eine leichte Glastür, die beschlagen war, trennte diesen Duschtrakt vom Schwimmbecken. Schiller war schon da. Er hatte sich ebenfalls den weißen Hotel-Bademantel übergezogen, der ihm beneidenswert gut stand, und lag leichenblass auf einer der Liegen am Beckenrand; auf seinem Schoß der Laptop, auf dem er unaufhörlich herumtippte. Er unterbrach sich nur kurz und sprach, was ihn offenbar sehr anstrengte, die Worte: »Es tut mir leid, bester Freund. Irgendetwas ist da bei mir im Anzug. Mich wollen Sie sicherlich nicht bei sich im Wasser haben.«

Goethe nickte nur. Schiller schien sich mal wieder in der Rolle als kränkelnder Dichter zu gefallen. Jedenfalls würdigte er Goethe keines Blickes und vertiefte sich wieder in seine hämmernde Bearbeitung der Tastatur.

»Die Fortsetzung Ihrer Fantasie-Geschichte?«, fragte Goethe.

Schiller schüttelte den Kopf, ohne vom Bildschirm aufzusehen. »Nein, ich versuche mal was ganz Neues.« Er pausierte mit dem Tippen. Dann hob er doch noch den Blick. »Haben Sie schon mal einen Krimi geschrieben?«

Goethe verneinte, setzte seine Schwimmbrille auf und ließ den Bademantel fallen. Er konnte Schillers Gesicht durch die Schwimmbrille nicht richtig erkennen. War das ein hämisches Lächeln? Oder sah das nur dank der Verdunkelung der Brille so aus? Sei es, wie es sei, du Hund, dachte Goethe. Wer zweihundertsiebzig Jahre alt ist, muss nicht selbst über einen prächtigen Körper verfügen. Das können wir getrost den Jungen überlassen. Unsere Schönheit und Strahlkraft steckt im Geiste.

Goethe stieg ins Becken. Er schwamm zunächst im Bruststil, während der Freund am Beckenrand ihm die Ideen zu einem haarsträubend konstruierten Kriminalfall schilderte. Ständig laut rufend, da Goethe, sobald etwas Wasser in seine Ohren drang, nichts mehr verstand. Alles, was er vernahm, klang fürchterlich.

»Aber warum sollte das die Leser interessieren?«, fragte Goethe, am Beckenrand pausierend.

»Weil es von mir ist«, sagte Schiller selbstbewusst wie eh und je. Doch dann verstummten die alten Recken, denn die beschlagene Glastür öffnete sich geräuschlos, und Sabrina Jacqueline Huggelmann schwebte elfengleich ins Bad. Auch sie trug den weißen Bademantel des Hotels. Doch während dieser Bademantel Goethes Erscheinung lächerlich machte, Schillers zum kränkelnden Poeten erhob, drehte die Huggelmann den Spieß einfach um. Ihre Erscheinung adelte gleichsam den Bademantel als Kleidungsstück, dem nicht nur eine Verheißung innewohnte, nein, bei der Art, wie sie die rasierten Beine durch den Schlitz scheinen ließ, verlieh sie diesem Kleidungsstück sogar etwas, was Frottee-Bademäntel niemals haben: Eleganz.

»Was ist los, Fritz?«, fragte sie Schiller. »Ab ins Wasser mit dir!«

Der so Angesprochene hob entschuldigend die Hand. »Mein Leiden hat mich wieder. Doch bin ich im Geiste bei euch!«

Goethe hatte nie verstanden, wie Schiller es schaffte, das Schwächliche, das jeder Krankheit anhing, abzuschütteln und es in stille Größe zu verwandeln. Doch wer so lange schon so schwer krank war wie dieser Schiller, der hatte genug Gelegenheit, diese Spielart der Heiligkeit zu üben. Bleich und schwach und im Geist doch stark, das war vermutlich der Kontrast, auf den die Frauen standen. Die Huggelmann jedenfalls sah ihn mit mütterlicher Bestürzung an. »Müssen wir abbrechen?«

Schiller schüttelte den Kopf. »Unsinn, Unsinn. Die paar Lesungen werde ich diesem Körper schon noch abtrotzen.«

Goethe hielt sich noch immer am Beckenrand fest. War es voyeuristisch, zu warten, bis das Fräulein sich des Bademantels entledigt hatte und zu ihm ins Wasser stieg? Vorsichtshalber zog Goethe seine Schwimmbrille wieder über die Augen und machte sich auf, eine Bahn auf dem Rücken zu schwimmen. Denn weder wollte er voyeuristisch wirken, noch wollte er den Auftritt verpassen, für den er sich dieses Missgebilde von Badehose gekauft und selbiges angezogen hatte. Er wurde nicht ganz belohnt, denn durch diese Schwimmbrille sah er über Wasser nicht alles, was zu sehen er gekommen war.

Einen viel versprechenden, ja geradezu viel betonenden roten Badeanzug konnte er jedenfalls ausmachen, als sie das weiße Gewand endlich abstreifte. Schiller gab einen Grunzlaut von sich, und Goethe stieß sich den Kopf am anderen Ende des Beckens.

»Autsch!«

»Haben Sie sich verletzt?«, fragte Schiller. Der Spott war nicht zu überhören.

»Jetzt nicht auch noch Sie!«, rief Fräulein Huggelmann und stürzte sich mit einem vollendeten Kopfsprung ins lauwarme Nass.

Wasserperlende Wonne, dachte Goethe. Dieser Körper allein war einige Elegien wert. Christiane würde begeistert sein, mit welchem Strauß an Dichtung ihr Goethe nach Weimar zurückkehrte. Er musste es nur noch zu Papier bringen.

Wie sie kraulte.

Auf Goethe zukraulte.

Freilich sah es im Medium des Wassers nicht ganz so anmutig aus, wie es im Medium der Sprache klingen würde, denn er erblickte kaum mehr als ihren Scheitel. Allerdings entging dem geübten Auge des Klassikers kein Detail: Er wurde gewahr, dass sie etwas vom Schwimmen verstand. Sie war schnell und ausdauernd. Es würde nicht gerade leicht werden, mit diesem Fräulein mitzuhalten. Wenigstens so weit, dass auch sie seine Leistung anerkennen und sein Alter schlicht vergessen würde.

Also wechselte er ins Kraulen, ein Schwimmstil, den er erst spät erlernt hatte. So zogen sie ihre Bahnen. Goethe atmete entgegen seiner Gewohnheit auf der einen Bahn extra nach rechts aus, damit er wenigstens ab und zu sein Gesicht präsentieren konnte. Unter Wasser hatte diese Schwimmbrille gewaltige Vorteile. Gleichzeitig war er ganz und gar damit beschäftigt, sich weder vom Fräulein abhängen zu lassen noch erneut auf den Beckenrand zu krachen. Der Huggelmann schien allerdings die Anbetung durch ihre beiden Klassiker durchaus zu behagen. Sie atmete, sei es Gewohnheit oder nicht, auf der einen Bahn nach links, auf der Gegenbahn nach rechts, sodass sie stets Goethe ihren gespitzten Mund entgegenbot. Na, wenn das kein Versprechen war.

Das schien auch Schiller so zu sehen. Nachdem er mehrere Störversuche in Form von Fragen zur allgemeinen Theorie des Erzählens, dem Erzeugen von Spannung und sogar zu den Mineralien im Harz unternommen hatte, gab er schließlich seine Liegeposition am Beckenrand auf. Äußerst missmutig räumte er seinen Platz, murmelte noch etwas und verschwand hinter der beschlagenen Glastür. Als Goethe ihm nachsah, bemerkte er, dass der Freund mit dem Finger eine Zahl auf dem beschlagenen Türglas hinterlassen hatte. »1788« stand da.

1788, das Jahr, in dem Goethe Christiane kennengelernt hatte. Das Jahr, in dem sie beide sich das erste Mal begegnet waren. Ja, ihre erste Begegnung war nicht gerade ein Glanzstück ihrer Männerfreundschaft gewesen. Aber war das nicht längst vergessen? Warum kramte er alte Klamotten wieder hervor? Schlechter Verlierer, dieser Freund.

Goethe und die Huggelmann pausierten am Rand und sahen Schiller nach.

»Na den scheint's ja echt erwischt zu haben«, sagte Fräulein Huggelmann.

Allerdings. Haut und Haare und so weiter, dachte Goethe. Doch welche Krankheit den Freund mal wieder fest im Griff hatte und mit welchen Drogen er diese zu kurieren gedachte, das behielt er als loyaler Freund für sich. »Er hat so einen schwachen Körper nicht verdient, dieser wahrhaft große Geist«, verteidigte Goethe den Freund, statt sich an die Wahrheit zu halten, darauf spekulierend, dass er selbst als der Lobende dadurch in ein denkbar gutes Licht bei seiner Badegesellin gerückt wurde. Das schien zu gelingen.

»Sie hingegen sind ja noch ziemlich fit«, lachte sie und stieß sich vom Beckenrand ab.

»Das will ich meinen!«, sagte Goethe, holte Luft und wagte auch noch eine Bahn.

Für den Abend standen Gedichte auf dem Programm.

Endlich wieder die geliebte Lyrik. Da würde er das Publikum genauso kraftvoll packen wie das Wasser hier im Bade. Er spürte Energie. Er spürte Genie. Er hatte die an Sicherheit grenzende Ahnung, dass er noch vor Ablauf der Woche am Ziel sein würde. Wenn er schon kein Honorar bekam, bekam er doch wenigstens das Fräulein. Schiller war krank. Goethe war fit. Die Huggelmann war ja nicht blöd, die würde schon wissen, wen sie sich ins Nestchen holte. Das Leben als Klassiker hatte eben doch gewisse Vorzüge. Goethe wendete abermals, und wieder atmeten sie synchron, die Gesichter einander zugewandt. Die Buchhändlerin und er.

Das Glück der Fische, dachte Goethe. Das könnte auch ein Verslein sein.

Und dieser Journalist und der Heinrichs, die konnten ihn mal.

Aber so was von.

Clausthal-Zellerfeld

Das mit dem Bier hätte er lassen sollen. Und der Schnaps war im Grunde auch eher ein Likör gewesen. Zucker und Alkohol. Sicherer konnte man dem Kopf kaum schaden. Schiller hatte damit angefangen. Natürlich Schiller. Dabei war ihre Lyrik-Lesung gar nicht schlecht gewesen. Klar, Schiller war an Präsenz auf den Bühnen einfach nicht zu toppen. Aber wie sie da gesessen hatten, jeder an seinem kleinen alten Pult in der Buchhandlung, das war schon ein Bild gewesen, das sich die Deutschen gerne in ihre Zeitungen und Wohnzimmer hängen durften. Und dann immer im Wechsel zu lesen, das war ein gutes Konzept. In der Lyrik fühlte sich Goethe noch immer zu Hause, und Fräulein Huggelmanns Augen leuchteten, wenn sie lachte; und sie strahlten eine tiefe Empfindsamkeit aus, wenn sie feucht wurden, diese Augen. O die Frauens, dachte Goethe und versuchte, einen Hauch der Leichtigkeit vom gestrigen Abend, der eigentlich erst nach der Lesung so richtig in Fahrt gekommen war, durch den nebelverhangenen Schmerz seines Kopfes, der sich heute bis in den Nacken zog, zu erhaschen. Aber es war nichts zu machen: Er saß hier am Frühstücksbuffet des Hotels und fühlte sich ungefähr so verschwitzt und verbogen wie die alten Fleischwurstscheiben mit dem bräunlichen, sich aufbiegenden Rand in der Kühltheke.

Er sehnte sich nach einem leichten Haferschleim, aber da war in diesem Gasthaus sicherlich nichts zu machen, und er wagte nicht danach zu fragen, aus Angst, den Tag, der so heiter beginnen sollte, wie der Abend geendet hatte, mit einem Korb seitens der Küchenhilfe gleich zu versauen. Also ging er mit raschem Blick über die Auswahl: Fleischprodukte kamen hier nicht infrage. Wer Fleischwurstscheiben derart niederträchtig und fernab jeder Lebensmittelsicherheitsvorschriften mit Wärme und Ausdauer traktierte, der war an sich schon ein Risiko. Der Käse war ebenfalls schon einmal in Schweiß geraten. Also zu den Müsli-Mischungen. Aber nein, eine war mit Nüssen, das war nichts für seine alten Zähne, zu riskant, dass da etwas brechen würde – und das vor der Lesung! Zahnloser Tiger, Klassiker mit Wackelzahn, Goethe verliert den Biss – Hohn und Spott würde es hageln, Nüsse waren einfach zu riskant. Schokomüsli war eine geschmackliche Frechheit, über die er sich bereits an früherer Stelle schon einmal geärgert hatte. Niemals würde er diese Kombination noch einmal seinen von Ästhetik durchdrungenen Gaumen passieren lassen.

Blieben die üblichen Honigbrötchen. Warum nicht. Um die Verdauung würde er sich später kümmern.

Dazu eine Tasse schwarzen Tee und zwei Aspirin, oder lieber doch erst nur eine, sonst würde der Magen wieder rebellieren.

Von Schiller und Fräulein Huggelmann fehlte jede Spur. Aber es war auch noch recht früh. Goethe nahm sich die zwei ausliegenden Tageszeitungen. Er blätterte sie durch und fand sein Dementi auf der letzten Seite. So war das also: Der Skandal gehörte noch zur Politik der Seiten eins bis drei, sein Kommentar dazu war nur noch »Panorama«.

Aber sei's drum. Die Sonne schien zum verdreckten Fenster herein und warf selbst auf die erfreulicherweise seit fünfundzwanzig Jahren aus der Mode gekommene Möblierung des Frühstücksraums (allein dieses Wortes wegen sollte man möglichst viele Fremdsprachen lernen und ihm einmal mehr Respekt zollen, dass er es gewagt hatte, in dieser Sprache zu dichten) ein einigermaßen sanftes Licht. Goethe sah auf die Uhr. Die erste Aspirin würde circa drei Stunden wirken. Wenn er Glück hatte, etwas länger. Wenn nicht, musste er bei Schiller nachfragen, was der noch in seiner Reiseapotheke hatte – Schiller hatte die besten Tropfen und Pillen, die das Gesundheitssystem bisher hervorgebracht hatte, das wusste Goethe. Und doch war es ihm immer ein wenig peinlich, den lieben Freund, der doch mit mehr als einer ernsten Krankheit zu kämpfen hatte, um ein Schmerzmittel anzupumpen.

Goethe aß und las. Er trank die Kopfschmerzbrühe. Der Magen würde das schon mitmachen, doch, doch. Das war alles gar nicht schlecht. Er fühlte sich wieder lebendig. Er war Goethe. Er war Kunst und Kultur, er war ein lebendiges Denkmal, erhaben über alle Niederungen der Menschen und dennoch lebendig, so lebendig, wie man nur sein konnte. Und auch die Tatsache, dass er weder Angst vor dem Tod noch den Drang zu schreiben hatte, nahm er an diesem Morgen mit seinem Tee, der Kopfschmerztablette und dem Honigbrötchen seltsam leicht.

Fräulein Huggelmann sah blendend aus. Wie machten die Damen das nur immer, dass sie abends mithielten, morgens aber so frisch hervortraten, als wäre nie von

Schnaps und Bier die Rede gewesen? Was ist das Geheimnis der weiblichen Haut und Verdauung? Wo stecken sie Bierhefe, Hopfen, Malz und Alkohol hin?

»Geht's?«, fragte sie frisch und frech.

Goethe nickte. »Ich habe mich und meinen Geist im Griff«, sagte er mit etwas rauer Stimme. Er räusperte sich kurz. »Und bei Ihnen?«

Sie lächelte.

Sein Handy piepte.

Eckermann. Natürlich. Goethe ahnte, was der ihm berichten würde. »Heinrichs wurde gerade mit Koks erwischt und verhaftet! Heinrichs! Hätten Sie das gedacht?«, stand da.

Ein Lächeln huschte über Goethes Gesicht, das er erst bemerkte, als die Huggelmann ihn fragte: »Erfreuliche Nachrichten?«

Goethe wurde sofort wieder ernst. »Zumindest nicht so erschreckend wie der Unsinn der letzten Tage.«

Er wollte das Handy wegstecken, sich ganz der huggelmannschen Aufmerksamkeit hingeben, als er erneut piepte.

Der Ministerpräsident hatte ihm eine Nachricht geschrieben.

»Gut gemacht, alter Recke«, lobte sein Freund den doppelten Schachzug aus Dementi und Verhaftung.

Na also. Goethe atmete auf. Nun sprach man wieder mit ihm. Der Ministerpräsident, nicht sein Lakai Schmitz. Es ging aufwärts, ganz entschieden.

Goethe holte sich noch einen Tee und ließ die Zeitung

für Fräulein Huggelmann offen liegen. Sie überflog denn auch prompt seinen Artikel, als er sich wieder zu ihr setzte. Glaubte sie ihm? Wenn sie ihm nicht glaubte, wer sollte ihm dann noch glauben? Christiane nicht, so viel war klar. Steffi sowieso nicht. Eckermann wusste auch zu viel. Der Ministerpräsident interessierte sich zum Glück mehr für die Geschicke seiner selbst und des Landes als für die Wahrheit. Aber die Leute, das Volk, die Leserinnen und Leser, die Wähler, was glaubten die? Goethe beobachtete Fräulein Huggelmann. Sie las. Gleichgültig, etwas erheitert. Nein, nicht auszumachen, ob sie ihm abkaufte, dass er nie mit Steffi in Italien gewesen und seinen Dienstwagen nicht zum Transport von Mitarbeitern der Denkmalschutzbehörde nach Italien missbraucht habe.

»Nun steht Aussage gegen Aussage«, fasste sie kühl lächelnd zusammen.

So konnte man das auch sehen, fiel Goethe auf. Dabei stand *seine* Aussage gegen die eines dahergelaufenen Schmierenschreibers, dessen Quelle gerade wegen Drogenmissbrauchs abgeführt wurde. Insofern waren die Aussagen schon unterschiedlich zu gewichten.

»Wo wohnen Sie denn eigentlich?«, fragte Goethe und lenkte das Thema auf Privates. »In Erfurt oder außerhalb der Stadt?«

Fräulein Huggelmann lächelte. »Mittendrin. Große WG.«

»Mit Ihrem Freund und Ihren Kindern, nehme ich an?« Die Frage hätte er längst stellen, schon in Göttingen am Abend klären sollen. Er machte sich hier doch nicht schon wieder an eine verheiratete Frau ran? Das hatte er seit

Charlotte hinter sich. Andererseits: In seinem Alter war das letztlich auch egal. Liebe ist Liebe, Sex ist Sex. Wenn sie andererseits *glücklich* verheiratet war, dann konnte er zumindest das mit der Liebe vergessen. Und in seiner etwas schwächlichen Verfassung war Sex ohne Liebe einfach zu stressig. Wenn er überhaupt noch eine Eroberung schaffen würde, dann nur mit dem doppelten Boden der Liebe. Es war einfach zu erniedrigend, das Geld auf den Tisch zu legen, sich womöglich noch einen Nachlass herausgeben zu lassen, weil es ja nichts gewesen sei. Nein, die paar Mal, die er es mit Sex ohne Liebe probiert hatte, waren immer ein Desaster gewesen. Und wenn er sich schon nicht an den Nie-Wieder-Alkohol-Schwur hielt, der ja regelmäßig nur bis Sonnenuntergang galt, dann doch zumindest an den Kein-Sex-ohne-Liebe-Schwur.

»Ich? Nein, nein, ich lebe da in einer WG mit zwei Frauen und zwei Männern, alle berufstätige Singles, wenn Sie es genau wissen wollen«, sagte sie keck.

»Ist Ihnen die Frage zu privat?«, hakte Goethe nach.

Wenn sie jetzt errötet, dann vögelt sie mindestens mit den beiden Kerlen hin und wieder, wenn nicht sogar mit … Goethe nahm noch einen Schluck Tee. Das war doch absurd, was ihm da zum Frühstück schon für lüsterne Gedanken kamen. Fräulein Huggelmann errötete keineswegs.

»Quatsch, das dürfen Sie gerne wissen. Der Fritz fand das ja auch ganz faszinierend.«

Der Fritz, dachte Goethe. Ja, ja, der alte Langschläfer. Aber da er sensibel genug war zu merken, dass sie über ihre

Wohnsituation nicht allzu freimütig zu erzählen bereit war, wechselte er ins berufliche Fach, und da war sie weitaus gesprächiger. Nach einer Ausbildung in einem anderen Bereich hatte sie zum Buchhandel gewechselt, und nun war sie bereits im fünften Jahr glücklich und zufrieden bei ihrem Chef angestellt. Schwerpunktmäßig kümmerte sie sich eben um Veranstaltungen und die Belletristik.

»Das macht Sie so perfekt für uns«, säuselte Goethe.

»Das und ihre Pillenkiste im Auto«, sagte Schiller, der in diesem Augenblick den Raum betrat. »Hast du noch von den Tropfen?«

Schiller sah schlimm aus. Tränensäcke, geschwollene Augen, rot geädert, fahles Gesicht.

Essen mochte er nichts. Nur Kaffee trank er. Nicht gerade wenig. Darin löste er die Schmerzmittel von Fräulein Huggelmann auf.

Er setzte sich neben das Fräulein, das ihm die Hand auf den Arm legte. »Du musst was essen, Fritz, sonst überstehst du den Morgen nicht.«

Schiller lächelte zu Goethe rüber. »Haben Sie das gehört? Sie versucht, dem Dichter der Freiheit ein Muss vorzuschreiben! Niedlich, oder?«

»Fritz! Jetzt sei doch vernünftig und …«

Goethe hob scherzend die Hand. »Vorsicht, mein liebes Fräulein Huggelmann: Mahnen Sie niemals einen Schiller zur Vernunft. Sie lösen damit einen philosophischen Exkurs aus, der Sie um den Verstand bringen kann.«

Schiller lachte schallend. Fräulein Huggelmann sah fasziniert von Schiller zu Goethe und wieder zu Schiller und schien sich für einen Augenblick nicht entscheiden zu können, wer von ihnen denn nun der Geistreichere sei.

Wie aufs Stichwort kam der Wirt zu ihnen an den Tisch.

»Herr Doktor von Goethe, das tut mir sehr leid, da ist gestern was für Sie mit der Post gekommen, wir hatten es noch nicht geschafft, Ihnen das zu geben.«

Es war ein großer Umschlag. Der Verlagsstempel der Frankiermaschine zeigte es deutlich: Cotta schrieb aus Stuttgart. Ein dickes Bündel. Das mussten die Druckfahnen der sogenannten Graphic-Novel-Version des ›Götz‹ sein. Hervorragendes Timing, dachte Goethe. Er riss den Umschlag, entgegen der Gewohnheit, im Beisein der anderen auf.

Er nahm den Brief heraus. Dazu den Band. Aber was war das? Das waren keine Fahnen. Das war der fertige Band. Schwarzer Einband mit roter Schrift in Blut-Optik. Es sah grauenhaft billig aus. Noch dazu nicht bei Cotta erschienen, sondern in einem Verlag, von dem Goethe niemals zugegeben hätte, dass er dessen Namen oder gar das Programm kannte. Goethe sah auf das Cover. Ein Ritter war zu sehen, der in wildem Kampf einem anderen den Arm abschlug, Blut spritzte aus der klaffenden Wunde.

›Das Eisen des Todes‹ hieß das Machwerk. Und sein Name stand darüber.

»Was?«, hauchte Goethe. Was um Himmels willen war denn da passiert? War das sein ›Götz‹? Aber nein, das musste ein Buch sein, das jemand an ihnen vorbei herausgegeben hatte. Ganz sicher.

Schiller und Huggelmann sagten nichts. Goethe

schwitzte. Wenn das wirklich sein Werk sein sollte, dann würde das seinen Ruf massiv schädigen, wenn nicht gar, in Kombination mit der Affäre, ruinieren.

Er riss das Begleitschreiben von Cotta auf.

Es war nicht von Cotta. Es war nur ein Lieferschein. Darauf ein gelber Klebezettel von Cottas Assistentin.

»Ein Exemp. vorab für Sie! LG«

So war sie. Diese furchtbare Person. Goethe betrachtete den Band genauer. Ja, da stand sein Name und der des armen Illustrators, der all das in Szene gesetzt hatte, was sich Goethe, als er noch verdammt jung gewesen war, ausgedacht hatte. Es sah nach billigem Schund aus. Ein Heftchen, nicht mehr.

Schiller nickte anerkennend. »Ist das der neue ›Götz‹?«

Goethe schluckte. »Ich fürchte, ja.«

Schiller pfiff durch die Zähne. »Sie werden ihn lieben.«

Auch das noch, dachte Goethe, er hoffte eher darauf, dass dieses Druck-Erzeugnis recht bald der Vergessenheit anheimfallen würde. Wann wünschte ein Autor schon seinem Buch, dass es schleunigst auf der Ramschliste landen möge? Tot und vergessen sollte es sein, tot und vergessen.

»Entschuldigen Sie mich, ich muss noch einmal rasch etwas erledigen«, sagte Goethe, nahm den neuen ›Götz‹ und sein Handy und zog sich zurück in sein Zimmer. Er wollte Cotta sprechen. Sofort.

Aber der war nicht da. Natürlich nicht. Die Stunde war noch viel zu früh für den Verleger der Klassiker.

Goethe schrieb eine wütende E-Mail. Wie er es nur

wagen könne, einen solchen Titel und ein derart abscheuliches Umschlagmotiv zu wählen und ihn darüber nicht einmal zu informieren. Ferner sei dieser Verlag bekannt für seine pornografischen Bilderbücher und exzessiven Gewaltdarstellungen. Es sei Goethe sein Rätsel, was Cotta geritten habe, denen eine Lizenz einzuräumen. Cotta solle den Druck sofort stoppen und ihn anrufen.

Danach fühlte sich Goethe zwar nicht besser, aber doch etwas erleichtert, und die Tablette entfaltete auch ihre kaschierende Wirkung.

Goethe versuchte, seine Stimme mit ein paar albernen Übungen aufzuwärmen. Etwas rau war es schon im Hals. Nur nicht schreien, dachte er. Dann würde das schon wieder werden. Er nahm seinen Koffer und die Büchertasche und marschierte die Treppe hinunter.

Clausthal-Zellerfeld ist nur mit dem Bus zu erreichen, hatte Schiller gesagt. Was das hieß, war Goethe nicht klar gewesen. Busse kannte er nur von außen als große, die Straßen Weimars verstopfende Geschosse, die ganze Ladungen von Touristen in die Stadt schaufelten, was nicht zu verachten war, denn schließlich kauften diese Touristen auch Bücher. Dass sie das längst nicht mehr taten, hatte ihm diese Assistentin, an die zu denken sich Goethe verboten hatte, ja erst unlängst auf die uncharmanteste aller Weisen beigebracht. Also hatte Goethe die Busse mitsamt ihrem zweifelhaften Inhalt aus seinem Bewusstsein verbannt. Doch nun saß er in einem solchen Gefährt und musste, ähnlich wie Schiller, gegen die Übelkeit ankämpfen, während sich der Koloss schwankend die Landstraße rauf in den Ort mit dem Doppelnamen quälte.

Warum taten diese Orte sich das an? Villingen-Schwenningen, Clausthal-Zellerfeld. Dann doch lieber ein ehrlicher Kunstname wie im Fall von Wuppertal (was zwar eine Scheußlichkeit sondergleichen, aber dem Namen nach doch um einiges schöner klang als ein holperiges »Barmen-Elberfeld«) oder Nettetal am Niederrhein.

»Wenn die Schüler nicht nett sind, kotz ich denen vor die Füße«, sagte Schiller, als sie ausstiegen. »Aber zum Glück sind die Schüler ja eigentlich nie das Problem.«

Diese Prophezeiung sollte sich bewahrheiten. Die Lesungen gingen Goethe leichter von der Hand als alles, was er in der Niederung vor dem Harz veranstaltet hatte. Das lag vermutlich nicht nur an der Höhenluft, sondern auch an der Tatsache, dass er nun ganz und gar darauf verzichtete, etwas vorzulesen. Er erzählte einfach, wie ein Buch entstand, was er alles geschrieben hatte, und gab allerlei Anekdoten aus seinem Leben zum Besten. Das war eine bunte Mischung aus Erlebtem, Erträumtem und glatten Lügen, aber immerhin erheiterte es die Schülerinnen und Schüler, brachte die Klettverschlüsse zum Schweigen und sogar die Lehrerinnen zu gutmütigem Beifall. Überhaupt diese Lehrerinnen. So etwas hatte Goethe noch nicht erlebt. Sieben waren es an der Zahl, und eine war freundlicher und liebreizender als die nächste. Im Grunde hätte er sie alle gerne mitgenommen. Als dann doch einer der Schüler störte, schickte diese Freundlichkeit nur ein knackiges »Ruhig, Lutz-Werner, ruhig!« in den Raum, als würde sie ein Pferd zügeln. Lutz-Werner beruhigte sich tatsächlich, und die Lehrerin hatte sich dabei noch nicht mal von einer Dame in eine Institution verwandelt. Goethe staunte nicht schlecht. Hier oben schien, wenn schon nicht die Welt, so doch zumindest die Schule in Ordnung zu sein. Damit hatte er nicht mehr zu rechnen gewagt.

»Das ist Leseförderung pur«, frohlockte eine Lehrerin mitten in der Fragerunde und machte ein Gesicht, als würde sie Goethe und Schiller gleichermaßen herzen wollen. Das wiederum erzeugte eifersüchtige Blicke vom Büchertisch, die den Klassikern nur gefallen konnten.

Schiller brillierte mal wieder mit seinen abstrusen, immer weiter sich verästelnden Fantasy-Geschichten, die er offenbar zu einem durch und durch widerwärtigen Epos ältester Schule anwachsen ließ, dabei aber auf Anmut, Würde und jede sprachliche Grazie pfiff, sie stattdessen mit allerlei Fabelwesen aus der nordischen Sagenwelt ausstaffierte. Es war absurd, aber die Schüler lauschten gebannt.

Es kam dann noch eine Frage, auf die Goethe sich diesmal vorbereitet hatte.

»Wie machen Sie das, dass die Buchstaben in das Buch reinkommen?«

Schiller hub an, eine Erklärung über die Produktionsabläufe von der Idee bis zur Verlagsauslieferung abzulassen, während Goethe, wohl vorbereitet, an die Tafel ging und in lockerer, skizzenhafter Hand die von Schiller erwähnten Stationen des Büchermachens an die Tafel warf. Es waren Karikaturen, leichte Kreidezeichnungen auf grünem Tafelgrund.

Schiller brach seine Erklärungen ab.

»Fahren Sie fort, bester Freund«, ermunterte Goethe seinen Weggefährten. »Ich illustriere nur, was Sie sagen.« Dieses Kratzen im Hals – er spürte doch wieder die Heiserkeit. War er zu laut gewesen? Hätte er die Stimme noch besser aufwärmen müssen?

Schiller sprach weiter von der Entwicklung eines Stoffes, der Reifung, den Entwürfen.

Goethe skizzierte derweil sich selbst und (etwas kleiner und eher im Hintergrund) Schillers Silhouette am Tisch, unterbrach kurz Schiller mit den Worten: »Ihr müsst euch noch Schillers Frauen und bei mir den Eckermann vorstellen. Ohne die klappt es nicht.«

Die Lehrerinnen kicherten. Schiller guckte nicht ganz so amüsiert, während Fräulein Huggelmann einen Lachkrampf unterdrücken musste. Goethe zeichnete Lektoren, den Verleger, auf die Assistentin verzichtete er lieber, schließlich soll man den Teufel ja nicht an die Wand malen, dazu noch die Druckmaschinen, von deren Aussehen er nur eine grobe Vorstellung hatte, Buchbinderei und schließlich die Buchhandlung.

Ein kleiner Szenenapplaus beim Weglegen des Kreidestücks galt sicherlich zu zwei Dritteln ihm, zu einem Drittel Schiller. Ebenso der durch und durch bewundernde Blick vom Büchertisch.

Vorzüglich, dachte Goethe. Ein vorzügliches und fachkundiges Publikum, das dankbar die Liebe und Anerkennung angemessen zu verteilen weiß.

Dann allerdings kam doch noch eine allerletzte Frage: »Was haben Sie denn zuletzt geschrieben?«

Diese Frage traf Goethe an einem wunden Punkt. Er hatte nichts mehr geschrieben. Im Grunde hatte er seit dem ›Faust‹ nichts mehr zustande gebracht, was von Wert war – von einigen Gedichten vielleicht abgesehen. Da ergab sich immer wieder die Gelegenheit. Aber der Drang war seit über hundert Jahren erloschen.

Schiller hingegen, der Rastlose, hatte immer weiter produziert, Dramen, sogar Drehbücher für Kinofilme, und seit rund fünfzig Jahren hatte er begriffen, wie man Romane schrieb. Allesamt kamen gut und besser an, wenngleich auch des Öfteren von Cotta ein Pseudonym empfohlen worden war, um den Ruf des Klassikers zu schützen.

Natürlich konnte Schiller jetzt auftrumpfen und berichten, dass die Seiten, die er vorgelesen habe, erst am gestrigen Abend im Hotel entstanden seien, da er nun mal unter Schlaflosigkeit leide.

Krankhafte Schlaflosigkeit ist also der Name, den er diesem Pillen-Missbrauch gab, dachte Goethe und hoffte, dass dieser Fragekelch an ihm vorüberginge, weil niemandem auffiel, dass er nicht geantwortet hatte. Das war ja das Schöne an diesen Schülern: Sie stellten Fragen, interessierten sich aber nicht für die Antworten. Aber leider ging diese Rechnung hier oben in der Doppelstadt nicht auf. Entweder waren diese Schüler von ihren sieben bezaubernden Lehrerinnen wirklich gut erzogen worden oder – Goethe wusste nicht so recht, ob er sich jetzt darüber freuen oder davor fürchten sollte – sie interessierten sich echt für ihre Klassiker, obwohl sie entschieden zu jung dafür waren. Wie oder warum auch immer: Schiller war fertig. Nun richteten sich alle Augen auf Goethe. Tja, da saß er nun in der Tinte. Er begann die Bücher, die er auf den Tisch gelegt hatte, in seine Tasche zu packen.

»Ich denke wir sollten jetzt schließen«, sagte er. »Es war nett bei euch, und das sage ich nicht bei jeder Lesung!«

»Aber was haben Sie denn jetzt zuletzt geschrieben?«, fragte der Junge noch einmal.

Die Stille war gespannt. Alle wollten es wissen. Schiller sah zu ihm herüber, und auch Fräulein Huggelmann guckte aufmunternd.

Goethe zögerte. Er musste etwas sagen. Je länger er zögerte, desto schlimmer würde es werden. Doch da fiel ihm etwas ein. Ein Geniestreich! Er fasste in seine Tasche. Ohne über die Wirkung so recht nachzudenken, zog er es raus.

»Ich habe zuletzt das hier veröffentlicht. Es ist so eine Art Rittergeschichte. Knackfrisch, heute im Hotel eingetroffen.«

Das bluttriefende Cover verfehlte seine Wirkung nicht. Weder bei den Kindern, die zum einen Teil ehrlich angewidert waren, zum anderen Teil fasziniert, noch bei den Lehrerinnen, deren Münder für eine Schrecksekunde lang offen standen.

Von »Leseförderung pur« würde jetzt wohl niemand mehr reden.

»Für welches Alter ist das geeignet?«, fragte ein Junge mit lüsternem Blick.

Goethe sah auf den Umschlag und zuckte mit den Schultern. »Keine Ahnung, ich schreibe nicht für Kinder.«

Nach diesen Worten wurde die Veranstaltung endlich

von der Schulleitung beendet. Die Klassiker gingen dazu über, Autogramme zu verteilen und die üblichen drei Alibi-Exemplare ihrer Werke zu signieren, die Fräulein Huggelmann an die Lehrerinnen mit den größten Herzen verkaufen konnte. Die Schüler hingegen interessierten sich sehr für den ›Götz‹ in seinem neuen Gewand. Allein – er war noch nicht lieferbar.

Als sie diese Anstalt verließen, schlug Schiller seinem Freund auf die Schulter. »Gut gegeben!« Schiller lachte schallend. »So einen Schocker werde ich auch bei Cotta bestellen. Damit ziehe ich dann durch die Provinz und zaubere den Lehrerinnen ein schönes Erstaunen ins Gesicht. Das haben Sie fabelhaft gemacht.«

Wieder schüttelte es Schiller vor Lachen.

Goethe lachte etwas verhalten mit. So konnte man das natürlich auch sehen. Ein Schocker. Ein Scherz. Schiller stand wahrhaft über den Dingen, merkte Goethe, wo er selbst, Unsterblichkeit hin oder her, eben nicht drüber stand.

Fräulein Sabrina Jacqueline Huggelmann trat zwischen sie, hakte sich links bei Schiller, rechts bei Goethe ein und zog ihre beiden Klassiker mit sich.

»Mein Chef hat gerade angerufen«, sagte sie. »Ich soll Sie sofort zum Essen einladen. Beim Italiener?«

»Goethe steht drauf«, sagte Schiller.

Goethe sagte nichts mehr. Mit welcher guten Nachricht hatten sie es verdient, sich von einem Buchhändler einladen zu lassen? Und hatten sie nicht noch schwer genug an der letzten Empfehlung dieses Chefs zu verdauen?

»Er hat heute kistenweise Bücherbestellungen von den Schulen in Erfurt und Umgebung bekommen. Der ›Werther‹ wird, so sickerte es aus dem Ministerium durch, doch wieder Abiturstoff. Ebenso der ›Faust‹, versteht sich.« Sie strahlte Goethe an. Dann wandte sie ihren entzückenden Kopf und bedachte mit ihren Sternlein von Augen seinen Freund Schiller. »Und von dir sind die ›Räuber‹ und der ›Wallenstein‹ wohl auch mit im Paket, Fritz.«

Goethe hätte sie herzen und küssen mögen. Auch wenn er selbst es gewesen war, der diesen kleinen Umsatzanschub mit einer Note an und einer kleinen Zeichnung für den Staatssekretär Dr. Gubrecht erzeugt hatte. Dennoch war es schön, wenn solche Spiele aufgingen, und das freute Goethe gleich doppelt.

Schiller hingegen, wie immer recht wenig schüchtern, drückte seine schmalen Lippen auf die rosigen Wangen der Überbringerin jener guten Nachricht. Sie ließ es sich gerne gefallen, ohne irgendeine Empörung. Im Gegenteil. Sie ließ sich auch noch aufs Herzlichste und Körperlichste umarmen. Hüften, Becken, Brust, alles schien sich hier zu berühren und nichts dabei zu finden.

»Ach, Saja, ich könnte dich, ich könnte dich …«, flötete Schiller. »Schnell her mit dem Wein, sonst vergesse ich mich vor Freude und singe von schönen Götterfunken und anderem Kitschkram.«

So zogen sie denn leichten Fußes ins Lokal »Faustina«. Ausgerechnet, dachte Goethe. Diese alte Geschichte, die ihn immer noch schwärmen machte. Ein Haus weiter hielt ein Wirt die gutbürgerliche Tür offen. Auch nicht schlecht.

Goethe wollte noch intervenieren, doch dann sah er den Namen des Lokals. »Heinrich« stand da und dazu der berüchtigte Scherenschnitt dieses Dichters aus Düsseldorf.

Lieber eine versalzene Calzone, dachte Goethe, als eine Rechnung, auf der dieser Name prangte.

Sie hatten das »Faustina« kaum betreten, Schiller die erste Flasche Primitivo und einen Vorspeisenteller für drei bestellt, als Goethes Handy klingelte. Er warf einen Blick auf das Display.

»Es ist Cotta«, entschuldigte er sich und nahm das Gespräch an.

»Herr Cotta!«, rief er erfreut zur Begrüßung. »Wie schön, von Ihnen zu hören. Wir sitzen hier gerade im Lokal und stoßen auf unsere Erfolge in Erfurt und dem Rest der Welt an.«

»Das ist schön für Sie«, sagte eine weibliche Stimme am anderen Ende. Das war nicht Cotta. Das war das Grauen. Das war die Kälte in Person: Es war Cottas Assistentin.

Wie weit musste man bei Cotta gehen, um sein Handy benutzen zu dürfen?

»Ich wollte nur kurz auf Ihr Schreiben eingehen, Herr Goethe. Der Titel wird ja immer vom Verlag festgelegt, und wir finden ihn alle gut. Ebenso das Cover.«

»Aha. Ich nicht«, sagte Goethe patzig.

»Tja, das ist natürlich schade«, sagte Cottas Assistentin so kühl wie gleichgültig. »Aber nicht zu ändern. Der Titel ist zeitgemäß, und das ist eben nicht mehr so leicht wie vor zweihundert Jahren, Ihre Bücher zu verkaufen. Und letztlich muss so ein Titel ja das Publikum ansprechen und nicht den Autor. Wir sind uns in dieser Sache jedenfalls ziemlich sicher.«

»Kann ich Cotta sprechen?«, fragte Goethe.

»In welcher Angelegenheit?«, fragte die Assistentin dreist.

»Das würde ich Herrn Cotta gerne selbst sagen!«, fuhr Goethe sie etwas zu barsch an.

Schiller und das Fräulein Huggelmann zuckten zusammen. Goethe stand auf und trat vor das Lokal. Das Gespräch konnte noch unangenehmer werden, da war es besser, wenn er den Saal der Freude kurz verließ.

»Nein, der ist in einer wichtigen Konferenz«, sagte die Assistentin.

»Wann kann ich denn bitte einmal mit meinem Verleger sprechen?«, fragte Goethe gereizt.

Seine Assistentin wirkte geistesabwesend. Goethe glaubte das Klappern einer Tastatur im Hintergrund zu vernehmen. Hörte die ihm überhaupt zu? Oder surfte die nebenbei im Internet?

»Nun?«, fragte Goethe nach.

»Oh, sorry, ich habe gerade nicht zugehört«, sagte Cottas Assistentin. »Ich muss hier auch weitermachen, Herr Goethe. Da kommen gerade in paar ganz wichtige Dinge rein. War nett, mit Ihnen zu plaudern, bis bald.« Und mit diesen Worten drückte sie ihn weg. Mit Cottas Handy. Ihn! Goethe! Den Klassiker der Klassiker. Den unsterblichen Dichter. Wer oder was konnte denn für den Verlag noch wichtiger sein?

Goethe war fassungslos. Er steckte sein Handy weg.

Verlag wechseln. Das war die einzige Möglichkeit. Aber wie? Er hatte ja keinen Grund, die bestehenden Verträge zu kündigen. Aber beim nächsten Buch, beim nächsten Buch würde er auf Cotta pfeifen. Ganz bestimmt. Nur war er sich leider nicht sicher, ob es noch ein nächstes Buch geben würde.

Er wischte den Gedanken beiseite und betrat das italienische Ristorante wieder. Schiller hatte seine Augen inzwischen tief in den Ausschnitt des Fräulein Huggelmann vergraben, was diese offenbar mit einem gewissen Genuss in den Augen zuließ. Es war eindeutig: Die beiden waren sich längst einig geworden.

»Störe ich?«, fragte Goethe.

»Wie könnten Sie?«, rief Schiller wie immer etwas zu übertrieben und etwas zu laut aus und goss Goethe noch mehr Wein in sein ohnehin schon volles Glas, während er seine Augen aus dem huggelmannschen Ausschnitt löste.

Clausthal-Zellerfeld gefiel Goethe von Stunde zu Stunde besser. Und auch Schiller blühte hier oben auf. Drei Frauen mittleren Alters erkannten sie auf der Straße, zwei von ihnen wollten ein Autogramm. Wunderbar geistreiche Menschen, dachte Goethe. Wunderbar geistreich.

Auch die Lesung am frühen Abend gelang: Der große Saal der Stadthalle war gefüllt mit Studentinnen und Studenten sowie allerlei älteren bis alten Damen und Herren. Fräulein Huggelmann hatte sich eine der freundlichen Lehrerinnen als Gehilfin genommen und schaffte es, den halben Bestand an diesem Abend zu verkaufen, während

Goethe und Schiller sich die Finger wund signierten. Endlich, endlich schienen sie da angekommen zu sein, wo ihre alten Erfolge noch zählten, wo die Literatur noch auf fruchtbaren Boden fiel, wo Menschen lebten, die nicht in dumpfer Trägheit als Bildschirmhalter durchs Leben waberten.

Schiller war auch bestens gelaunt und raunte dem Freund zu: »Keinen Durchfall gekriegt! Trotz der Vorspeisen. Es geht bergauf, sag ich Ihnen!«

Goethe lächelte und schrieb einer ihm völlig unbekannten Dame in die ›Wanderjahre‹: »Für Irene. In freundschaftlicher Zuneigung Johann Wolfgang von Goethe«.

Zum Schluss kam dann auch noch der Bürgermeister des Ortes und fragte, ob alles zur Zufriedenheit sei, er würde die Herren gern zum Abendessen einladen.

Schiller war sofort einverstanden. Goethe auch. Nur nahm er sich fest vor, nicht ganz so viel zu trinken wie am Abend zuvor, während Schiller sich noch eine kurze Zwischeneinkehr im Hotelzimmer ausbat.

»Selbstverständlich«, sagte der Bürgermeister. »Der Tisch ist reserviert ab zwanzig Uhr dreißig, ich hoffe, dass das für Sie passt.«

Die Klassiker zeigten sich einverstanden, vergaßen aber dummerweise beide, das Fräulein Huggelmann mit einzubinden.

»Ihre Krankenschwester kann selbstverständlich auch teilnehmen«, sagte der Bürgermeister noch.

»Krankenschwester?«, fragte Goethe.

Der Bürgermeister sah ihn etwas verdutzt an. »Man

sagte mir vom Verlag, dass Sie mit einer eigens für Sie abgestellten Krankenpflegerin reisen würden. Warten Sie, ich habe sogar den Namen hier irgendwo notiert …«

Goethe schwante nichts Gutes.

»Huggelmeier oder so ähnlich.«

»Huggelmann«, sagte Schiller gleichgültig. »Klar, das ist unsere gute Seele, die muss mitkommen.«

»Wunderbar, ganz wunderbar. Informieren Sie die Dame?«, fragte der Bürgermeister noch.

»Können wir machen, können Sie aber auch selbst machen. Es ist die Frau, die da drüben so liebreizend unsere Bücher verpackt. Die versteht sich nämlich auf beides: Bücher und alte Männer.« Schiller deutete rüber zum Büchertisch, wo Sabrina Jacqueline Huggelmann gerade dabei war, die letzten Reste in den Kisten zu verstauen.

Der Bürgermeister von Clausthal-Zellerfeld sah hinüber zum Büchertisch und pfiff leise durch die Zähne. Denn zwinkerte er Goethe und Schiller zu. »Na, die würde ich mir auch als Gesundheitswauwau gefallen lassen! Horcht die Sie jeden Morgen ab?« Er lachte vulgär.

Goethe rümpfte die Nase. Zu welcher Partei gehörte der denn?

Auch Schiller tat so, als hätte er so etwas weder nötig noch gehört.

Was Goethe viel mehr beschäftigte, war die Tatsache, dass irgendwer im Hause Cotta, und Goethe konnte sich schon denken, wer da wohl an erster, zweiter und dritter Stelle infrage käme, so tat, als hätten die Klassiker eine Pflegerin nötig. Offensichtlich war dieser Umstand Schiller bekannt oder egal, jedenfalls war es einmal mehr Goethe, der von nichts wusste.

Andererseits: Warum eine Buchhändlerin aus Erfurt mit ihnen in den Harz fuhr, obwohl es hier vor Ort doch sicherlich auch Buchhandlungen gab, die die Lesungen mit den beiden größten deutschen Dichtern gern ausgerichtet hätten, das hatte er sich insgeheim schon gefragt. Nun also wusste er es: Es lag daran, dass Fräulein Huggelmann nicht nur Buchhändlerin, sondern auch gelernte Krankenschwester war.

War das nett von Cotta? Oder war das entwürdigend? War es dabei am Ende auch noch um das Aussehen gegangen? Oder steckte diese Assistentin dahinter, die Schaden vom Verlag abwenden und einfach ihre Ruhe haben wollte? Hatte die Huggelmann nicht selbst gesagt, dass sie mit dieser Assistentin befreundet sei? War es am Ende Schiller, der in einem geheimen Abkommen mit seinem Duzfreund und Verleger Cotta die ganze Reise von langer Hand geplant hatte, einzig mit dem Ziel, die Huggelmann zu kriegen, ohne dass Caroline und Charlotte … Aber warum hatte er 1788 auf das Türglas geschrieben? Das musste doch ihn selbst auch an Caroline und Charlotte erinnern. Immerhin war er damals in Rudolstadt gewesen und schwer mit Minnediensten beschäftigt, was Goethe ihm nach Kräften erschwert hatte. Das war nicht nett von Goethe gewesen, wie er die Aufmerksamkeit der Schwestern aus purer Eitelkeit und bar erotischer Interessen ganz auf sich gelenkt und den jungen, pickligen Schiller abgehängt und seine Räubergeschichte plattgebügelt hatte. Aber das war ja längst vergessen – oder nicht? Irgendwas wurde hier gespielt, und Goethe hasste solche Spielchen, jedenfalls wenn er eine der Figuren und nicht einer der Spieler war.

Aber dann schob er diese Fragen beiseite. Er wollte sich Clausthal-Zellerfeld, diesen Geistesort im Harz, nicht von längst vergangenen Lächerlichkeiten verderben lassen.

Auf dem Weg ins Hotel warf er noch einen Blick auf die Umfragewerte von Thüringen. Es sah wieder besser aus. Seine Taktik mit dem Dementi schien tatsächlich aufzugehen. Offenbar hatte er den Schmierenjournalisten zum Schweigen und den Blätterwald zum Verstummen gebracht.

»Chapeau!«, schrieb die Staatskanzlei. Das war vermutlich das Positivste, was Pressereferent Schmitz jemals außerhalb einer Pressemitteilung kommuniziert hatte.

Goethes Magen hatte auf das Abendessen wenig Lust. Er war noch mit dem Mittagessen beschäftigt. Aber Goethe hatte eingewilligt, und auf sein Wort sollte Verlass sein. Also holte er Schiller und Fräulein Huggelmann pünktlich um fünf Minuten vor halb neun am Abend ab und lief mit ihnen hinüber ins Restaurant.

»Cotta hat übrigens angerufen«, sagte Schiller, als sei das pures Alltagsgeschäft. »Ich soll Ihnen ausrichten, dass seine Assistentin einen guten Job macht, auch wenn sie manchmal etwas schwierig sei.«

Goethe blieb mitten auf der Straße stehen. Jetzt hätte er einen Herzinfarkt kriegen und sofort tot umfallen mögen.

Wieso rief Cotta zwar bei Schiller, aber nicht bei ihm an? Und welchen Job genau machte diese blöde Kuh gut? Goethe wollte es sich nicht ausmalen. Die Assistentin unter dem Schreibtisch von Cotta … nein, nein, diese Gedanken waren eines Klassikers nicht würdig, die musste er sofort runterspülen.

»Ein Portwein zur Begrüßung?«, fragte der Kellner. »Oder lieber einen Champagner?«

»Champagner!«, rief Schiller.

Goethe nickte. »Unbedingt.«

Schiller strahlte in die kleine Runde, begrüßte den Bürgermeister und seine Frau, ebenso den Kämmerer, der mit seinem beachtlichen Bauch gekommen war.

»Wenn Klaus mitkommt, dann kann er mir nachher nicht vorhalten, ich hätte das Geld der Stadt verschleudert«, scherzte der Bürgermeister.

Menschen, dachte Goethe.

Sie aßen, sie sprachen, sie vereinbarten Termine für die Zukunft und waren sich alle einig, dass dies ein durch und durch gelungenes Projekt war, was man dringend den Freunden in Göttingen rückmelden müsse.

Fräulein Huggelmann hatte sich zwischen Goethe und Schiller platziert.

»Sind Sie eigentlich als Buchhändlerin oder als Krankenschwester engagiert?«, fragte Goethe sie nach dem dritten Glas vom Roten. Der Wein brachte ihn eben doch immer etwas näher an die Wahrheit heran.

»Ich dachte als Muse.« Sie lächelte hinreißend. So hinreißend, dass Goethes Interesse an der Wahrheit wie weggeblasen war. Sein Interesse an Wein und Fräulein hingegen war ungebrochen.

Sie lachten, sprachen, sie tranken, bis der Bürgermeister längst im Bett war und der Wirt sie freundlich bat, zu gehen. Sie schafften es auch zurück ins Hotel, allerdings war Schiller nun schwer in Fahrt.

»Wir müssen noch an die Bar. Wir haben morgen früh nur eine Lesung in Goslar. Und Goslar kommt von Gosse. Ist doch logisch. Erst um elf Uhr, oder Saja?«

Die so Angesprochene nickte artig, entschuldigte sich dann aber. »Ich muss ins Bett, die Herren. Und du übertreibst bitte nicht restlos, Fritz!«

»Geht klar, Mutti«, witzelte Schiller. Dann nahm er Goethe herzlich in den Arm und zog ihn Richtung Bar.

Sei's drum, dachte Goethe. Ein bisschen würde er schon noch können.

Schiller aber hatte sich offenbar fest vorgenommen, heute noch irgendwen unter den Tisch zu trinken. Da außer dem Barkeeper und Goethe niemand mehr zugegen war, gab Schiller beiden einen Grappa aus.

»Hat Cotta schon einen Teil des Honorars geschickt?«, fragte Goethe.

Schiller überhörte den schnippischen Unterton.

»Nein, aber er hat mein neues Buch gelesen und gekauft. Der ganze Verlag ist aus dem Häuschen, es riecht nach Bestseller, hat Cotta gesagt. Und der Vorschuss, der ist der beste, den ich je hatte!« Schiller lehnte sich zurück und schloss die Augen. »Das Jahr ist gelaufen, das nächste auch, wenn ich mich einigermaßen zügle.«

Goethe nickte anerkennend und überspielte seinen Neid. »Gratulation. Und darf ich erfahren, welches Ihrer neueren Werke zu solchen Hoffnungen Anlass gibt?«

Schiller sah Goethe etwas verdutzt an. »Na das, was ich hier die ganze Zeit lese.«

Da fiel Goethe fast das Grappaglas aus der Hand. Dieser Mist sollte nicht nur veröffentlicht werden, was Goethe niemals gedacht hätte, sondern auch noch im Hause Cotta? War das zu fassen? Das lieferte ihm ja fast den Kündigungsgrund, nach dem er noch vor wenigen Stunden gesucht hatte! Andererseits war es Schiller, der hier kommerziellen Erfolg hatte. Und bei allem Wettstreit, den Goethe in den letzten Tagen verspürt hatte: Schiller hatte den Erfolg verdient wie kein Zweiter. Hatte sein ganzes Leben um Geld gekämpft und, wenn er welches hatte, nie besonders gut damit umgehen können. Sein Freund Schiller brauchte einfach stattliche Honorare.

Um von diesem heiklen Thema abzulenken, fragte er, ob Schiller gewusst habe, dass Cotta Fräulein Huggelmann nicht allein wegen ihrer Qualifikation als Buchhändlerin mitgeschickt habe.

Da lächelte Schiller. Er bestellte vier weitere Gläser Grappa, zwei für den Barkeeper, eins für sich und eins für Goethe. Dann sah er seinem Freund tief in die dunklen Augen.

»Saja ist auf meinem Mist gewachsen. Sie ist perfekt. Sie kann uns mit Pillen versorgen, sie kann Bücherkisten schleppen und …« Schiller prostete ihm zu.

Ja, dachte Goethe, und …

Schiller und Cotta, die hatten sich mal wieder als Spitzbuben gefühlt, als sie diesen Plan ausgeheckt hatten, das konnte sich Goethe vorstellen. Wahre Geistes-Spitzbuben.

»Wissen Sie, was ich glaube?« Schiller lallte schon ein wenig, und auch Goethe hatte gehörige Schwierigkeiten mit der Artikulation. Doch Schiller war, auch wenn er rotzbesoffen war, noch immer zu geistigen Großtaten fähig, das kannte Goethe, während er selbst doch immer mehr zum Schwärmen und letztlich zum Lachen oder Weinen tendierte. »Ich glaube, wir sind längst unsterblich.«

»Sowieso«, sagte der Barkeeper und gab sich selbst noch einen aus, weil der Chef es nicht sah und diese Flasche einfach leer werden wollte.

»Sie, mein lieber Freund, seit der ›Iphigenie‹, und ich seit – weiß ich nicht.« Schiller nahm noch einen Schluck. »Körper und Geist, die hängen zusammen. Und unser Geist, der wird von der ganzen Welt nicht nur bewundert, verstehen Sie. Er wird von ihr gestützt und am Leben erhalten. Wann immer wir zitiert oder erwähnt werden, wann immer unsere Stücke gespielt und unsere Aufsätze verstanden werden, stärkt das unseren Geist, und der stärkt unsere lächerlichen Körper. Was halten Sie davon? Oder haben Sie eine bessere Erklärung?«

Goethe schluckte den Grappa runter. Sein Geist war noch wach, aber seine Knie wurden etwas schwach. Wieso ausgerechnet die ›Iphigenie‹? Die konnte doch keiner leiden, dachte er. Andererseits war Unsterblichkeit keine Sache des Volksentscheids, so viel war ihm auch mit dem schwankenden Hirn noch klar. Mit einem leichten Hüftschwung hielt er sich auf den Beinen. Er hatte einen Gedanken. Kristallklar stand er vor ihm. So klar, dass er sich fragte, warum er ihn nicht aussprechen konnte. Aber nein, er würde ihn noch formuliert kriegen, nur etwas langsamer als sonst.

»Vielleicht«, lallte Goethe, »ist es auch einfach so: Jedes Ereignis hat seinen Grund.«

»Absolut!« Schiller leckte sich die Lippen und wollte noch einen Halben. Der Barkeeper zielte die eine Hälfte ins Glas, die andere daneben.

»Und vielleicht gab es einfach noch keinen Grund für uns zu sterben«, schloss Goethe messerscharf.

Schiller zog die Augenbrauen hoch.

»Was meinen Sie?«, fragte Goethe.

»Jetzt lasst doch das alberne Siezen. Ihr seid doch die ältesten Saufkumpanen der Welt. Da könnt ihr euch doch nicht mehr siezen, Jungs«, lallte der Barkeeper dazwischen. Er schwankte. Dann ging er mit den Worten »Ich muss mich setzen. Setzen statt siezen, hihi« hinter seiner Bar in die Knie.

Schiller sah ihn sinken. Goethe auch. Dann blickten sie sich in die Augen. Schiller grinste und hauchte: »Geschafft.«

Schiller hatte eine Fahne, die Blumen welken ließ. Aber Goethe sah nur in diese blauen Augen, in denen Welten verborgen lagen, von denen er letztlich nichts verstand, wenn er ehrlich war. Es hätte nicht viel gefehlt, und er hätte Schiller geküsst. Friedrich war ein Prachtkerl. Schon immer gewesen. Und er, Goethe, hatte es erkannt. Diese Freundschaft schrie nach Verjüngung, nach Erneuerung.

»Ich heiße Johann Wolfgang«, sagte Goethe und reichte dem Freund die Hand.

Schiller sah Goethes Hand an. Dann sah er Goethe an. »Im Ernst?«

Goethe hielt noch immer seine Hand ausgestreckt. »Warum nicht?«

Da traten Schiller Tränen der Rührung in die Augen. »Mensch, Wolfgang! Und das nach all den Jahren!« Er ließ die Hand Hand sein und umarmte ihn herzlich. »Dass ich das noch erlebe. Nenn mich Friedrich, nenn mich Fritz, ist mir alles wurscht, Wolfgang. Du glaubst nicht, wie ich mir das gewünscht habe. Das ist schöner als diese ganzen Orden, die Lotte neulich zum Pfandhaus getragen hat. Ich dachte immer, was für ein arroganter Sack, wann bietet der mir endlich das Du an. Und jetzt ist es so weit. Hier in dieser lächerlichen Hotelbar im Nirgendwo.«

»Clausthal-Zellerfeld«, sagte Goethe.

»Genau. Pass auf.« Schiller kicherte und zückte sein Taschenmesser. »Wir ritzen jetzt unsere Namen in die Theke. Wie früher …«

Auch Goethe begann zu kichern wie ein kleiner Junge. Diese Sache mit der Unsterblichkeit, die war schon merkwürdig. Sicher war sich Goethe allerdings nicht, ob sie wirklich unsterblich waren. Die Angst vor dem Tod war weg, aber ob auch der Tod selbst weg war? Wer konnte das letztlich schon wissen? Vielleicht waren sie ja nicht unsterblich, sondern nur noch nicht gestorben, weil ihnen noch keine passende Todesursache begegnet war. Sozusagen Glück und Zufall. Schillers Erklärung der Unsterblichkeit hielt einer groben Prüfung ja schon nicht stand. Denn wenn Schillers Erklärung stimmen würde, dann müsste seine Christiane ja ständig von irgendwem zitiert werden – aber mit welchem Spruch? Außer »Räum deinen Mist endlich auf, du Genie!« fiel ihm da nichts ein, das als originärer Christiane-Spruch durchgehen könnte. Und Eckermann? Ja selbst Cotta? Und was war andererseits mit den viel zitierten Toten: Shakespeare, Kant, sogar dieser Heine mit seinen »Denk ich an Deutschland«-Sprüchen? Die wurden zitiert, waren einigermaßen geistreich und dennoch mausetot. Nein, nein, die Tatsachen sprachen gegen Schillers Erklärung.

Schiller schnitzte »Friedrich & Wolfgang« in den Tresen. Als er anfing, ein Herzchen drum herum zu ritzen, sagte Goethe: »Es ist spät. Lass uns schlafen gehen, Friedrich.«

Schiller schloss die Augen und schien das Duzen ehrlich zu genießen. Das wiederum genoss Goethe. So stützten sie sich einmal mehr gegenseitig, als sie versuchten, im schwankenden Gang das Treppenhaus zu erwischen.

»Diese Schüler, die gehen mir gewaltig auf die Nerven«, lallte Schiller noch. »Morgen noch mal, und wenn da noch ein einziger Klettverschluss aufgeht, dann schneid ich denen die Dinger ab.« Schiller grinste wirr. »Ritsch-Ratsch. Ab damit!«

Goethe lachte. Wirklich ein toller Kerl, dieser Friedrich Schiller. Dann schob er ihn, sicher ist sicher, in die Richtung, in der er Schillers Zimmer vermutete.

Goslar

Kein Alkohol mehr, nicht in diesem Leben.

Das war Goethes Gedanke. Er hatte miserabel geschlafen. Er wusste es doch seit Jahrhunderten: Der Alkhol konnte den Schlaf nur verderben. Er quälte sich ins Badezimmer. Der Blick in den Spiegel war auch nicht gerade eine Augenweide. So würde das mit dem Fräulein Huggelmann nichts geben, völlig egal, wie unsterblich und berühmt er war.

»Kein Alkohol mehr, nicht in diesem Leben«, sagte er seinem Spiegelbild und erschrak: Seine Stimme war nicht mehr im Bass des Vortages. Sie pfiff und piepste wie die eines stimmbrüchigen Jünglings. Er räusperte sich, probierte es noch einmal:

»Stimme, Stimme, eins, zwei, drei«, probierte er zu sagen und verfluchte den Abend. Man soll den Abend nicht vor dem Morgen loben, so sollte der Spruch heißen, dachte Goethe und besann sich darauf, was alles und ob etwas vorgefallen war. Er hatte Schiller das Du angeboten, daran konnte er sich erinnern. Wer sonst noch dabei war, wusste er nicht mehr. Ebenso war ihm nicht ganz klar, wie er es in sein Zimmer geschafft hatte. Da fehlte etwas. Da war eine Lücke.

Die größere Frage war allerdings, ob er es heute mit ein oder zwei Kopfschmerztabletten schaffen würde. Und ob sein Magen da mitspielte. Und dann diese Stimme …

Er stellte sich unter die Dusche, versuchte, den Kopf reinzuwaschen, was nicht so recht gelang. Auch das Zittern und Schwitzen wollte nicht aufhören.

Vergiftungserscheinungen, dachte Goethe. Ganz normale Vergiftungserscheinungen. Die gehen vorüber.

Er hielt sich besonders gerade, um nur ja das Gehirn nicht an die Schädelwand, die von innen mit einem Reibeisen überzogen zu sein schien, geraten zu lassen. So schaffte er es gemessenen Schrittes hinab in den Frühstücksraum.

Die erste Öffentlichkeit des Tages war doch immer eine kleine Bühne, die er voll der Ungewissheit betrat. Würde er erkannt werden? Müsste er schon freundlich irgendwelche ›Werther‹-Lektüre-Anekdoten ertragen? Oder hatte er Glück, und es war nur die Tochter der Wirtsleute im Hause? Oder eine dieser jungen, unergründlichen Hilfskräfte mit ihrem vorzüglichen Aussehen und der gespielten Freundlichkeit. Die wäre ihm im Grunde am liebsten.

Kaffeeduft, das war, was ihm entgegenschlug. Er nahm mechanisch die Zeitung vom Stapel und setzte sich, ohne viel nachzudenken, an den erstbesten Tisch.

Der Kaffee stand schon in einer Thermoskanne bereit. Auch so eine Unsitte in dieser unwirklichen Weichspülerwelt der Mittelklasse. Wie lange stand denn dieser Kaffee schon herum? Seit fünf Uhr in der Frühe? Er goss sich dennoch einen Becher ein. Bitterstoffe machten sich breit.

Schnell ein Brötchen gegessen, dachte Goethe, sonst wird das böse enden.

»Na, Sie Nachtschwärmer?«, tönte es da hinter ihm. »Auf zum vorletzten Gefecht, wie?«

Fräulein Huggelmann. Sie saß am Nebentisch, und Goethe hatte sie nicht bemerkt! Welch ein Fauxpas! Welch vertane Chance!

»Guten Morgen«, piepste Goethe.

Fräulein Huggelmann schlug entsetzt die Hände vor den Mund. »Oh Gott, ist das alles, was von Ihrer Stimme übrig ist? Und, ganz ehrlich, Herr Goethe, geht es Ihnen gut? Sie sehen schrecklich aus.«

»Danke«, quiekte Goethe und tat etwas beleidigt. Dann aber sagte er mannhaft: »Ich habe es nicht anders verdient.«

»Schweigen Sie! Um Himmels willen, Herr Goethe!«, sagte das Fräulein. »Schonen Sie die Stimme!« Sie begann, in ihrer Handtasche zu kramen, und Goethe nutzte die Gelegenheit, sich an ihrem Aussehen zu ergötzen. Tief ausgeschnittener Pullover, stramm arrangierte Brüste.

Ach, dachte Goethe schwärmerisch, ach.

»Hatten Sie schon mal Probleme mit der Leber?«, fragte Fräulein Huggelmann.

»Nicht mehr als Schiller«, gab Goethe zum Besten.

»Na das ist ja auch ausgeschlossen.« Sie reichte ihm ein kleines Fläschchen. »Wird schon hinhauen. Zwanzig Tropfen. Und kein Alkohol. Heute nicht und morgen auch nicht.«

»Besten Dank!«, kiekste es aus Goethes Hals.

Fräulein Huggelmann legte ihren Finger an seine Lippen. Wonne durchströmte Goethes alte Knochen. Welch intime Berührung.

Ich erröte, dachte Goethe. Aber irgendwie war ihm das vollkommen egal. Sie hatte mit diesen entschlossenen, wohlgeformten, ja in gewisser Weise muskulösen Fingern seine Lippen berührt. Der Frühstücksraum verwandelte sich: Wie herrlich leuchtete ihm die Thermoskanne, es lachten die Tassen, es tanzten die zu schweren Teppiche. Der Tag war wunderbar. Fast wollte er dem Alkohol für das Reibeisen auf der Innenseite seines Schädels und die ruinierten Stimmbänder danken, ja, er hätte eine Flasche aufmachen können vor Glück: Diese Berührung, das wusste er aus Erfahrung, die würde er niemals vergessen. Sie hatte sich eingebrannt in seine Lippen. Und bei jeder Thermoskanne, die ihm im Leben nun noch unterkäme, würde er sie wieder spüren.

Fräulein Huggelmann lächelte. Dann wechselte sie doch wieder ins ernste Fach.

»Ihr Freund Schiller ist krank.«

Goethe grinste. »Das ist nichts Neues.« Der Hals tat ihm weh. Und diese Stimme …

»Sie sollten wirklich schweigen«, ermahnte die Huggelmann. »Und trinken Sie keinen Kaffee, sondern rote Tees. Hibiskus, wenn die hier so etwas haben. Und dann gehen wir gleich noch zum Apotheker.« Fräulein Huggelmann nahm selbst einen kräftigen Schluck aus ihrer Kaffeetasse. »Fritz kann heute unmöglich lesen. Wir werden ihn später abholen lassen, zur Not mit dem Taxi. Wenn wir Glück haben, kann er morgen wieder. Ich habe schon alles mit Cotta besprochen.«

Wieso redete Cotta mit aller Welt, nur nicht mit Goethe? Er wollte etwas sagen, aber er verkniff es sich. Es galt, die Stimmbänder zu schonen.

»Das heißt, dass Sie auch Schillers Schüler kriegen. Also um die zweihundert in der ersten Lesung und etwa dreihundert in der zweiten.« Fräulein Huggelmann runzelte die Stirn. Und selbst diese kleinen Falten gefielen Goethe ganz ausnehmend, bis er gewahr wurde, was diese Falten bedeuteten: Sie traute ihm das nicht zu!

Da er nichts sagen sollte, wagte Goethe sich an eine Berührung. Mit dem Daumen seiner rechten Hand, in dem mehr Genie steckte als im gesamten Schiller mit seinem Kant-Wahn, strich er die Falten aus Fräulein Huggelmanns Stirn und setzte sein väterlichstes und gutmütigstes Lächeln auf. Dazu nickte er sanft.

Fräulein Huggelmann entspannte sich ein wenig.

»Sie meinen, dass Sie das hinkriegen?«

Goethe nickte so selbstbewusst, wie er nur konnte. Sie glaubte offenbar nicht so recht dran. Aber warum denn nicht? Er hatte nun doch einige Erfahrung, hatte mit und ohne Schiller gelesen. Gut, es waren nicht immer brillante Auftritte gewesen, aber die Schüler verstanden doch eh nichts. Was macht das schon für einen Unterschied, ob sie Schillers oder meine Texte nicht verstehen?, dachte Goethe noch etwas benommen von der eigenen Verwegenheit, mit der er es gewagt hatte, Fräulein Huggelmanns Stirn zu berühren. Die Benommenheit wurde noch durch die Erkenntnis gesteigert, dass die Buchhändlerin mit den wohl schönsten Händen der Welt nicht zurückgewichen war, sondern sich unter seinen Händen entspannt hatte. Tja, mein lieber Friedrich, dachte Goethe. Hättste halt nicht so übertrieben gesoffen gestern.

Der Bus war pünktlich. Dennoch war die Strecke runter nach Goslar kein Zuckerschlecken. Volksnah war Goethe auch nicht, wie er so dasaß, mit seinem Magen kämpfte, schwieg, um die Stimme zu schonen, und immer wieder eines dieser Bonbons lutschte, die ihm Fräulein Huggelmann noch besorgt hatte. Als er nach einer nicht enden wollenden Kurverei schließlich vor der Bibliothek in Goslar stand, war diese verwaist. Goethe klopfte. Eine Frau hinter dem Türglas schüttelte nur den Kopf und zeigte auf das Schild mit den Öffnungszeiten. Donnerstagvormittag geschlossen.

»Ich bin Goethe!«, krächzte Goethe.

Sie bedeutete ihm, dass sie ihn nicht hören könne, da die Tür ja geschlossen sei.

Goethe zeigte auf sich. »Ich Goethe!«, rief er so laut, wie es seine Stimme zuließ. Es schmerzte, brachte aber nicht viel.

Dann faltete er die Hände auseinander wie ein Buch und tat so, als würde er daraus vorlesen.

Da endlich verstand sie.

»Ich hab Sie jetzt gar nicht erkannt vom Foto her«, sagte die Bibliothekarin entschuldigend.

Goslar. Das kommt von Gosse, hatte Schiller gesagt.

Goethe ließ sich den Veranstaltungsraum zeigen. Er war im Untergeschoss. Beton, der mit schwarzen Vorhängen eine Art Theateratmosphäre vortäuschen sollte, was angesichts des abgeschabten Teppichbodens und der Stahlrohrstühle gründlich misslungen war. Es war kühl hier unten, und es mangelte an Sauerstoff. Ein Glas und eine Flasche

Wasser standen auch schon auf dem Tisch. Sprudelwasser. Schon wieder. Aber Goethe war froh, dass er seine lädierte Stimme würde anfeuchten können.

»Und Sie lesen heute den ›Werther‹, nicht wahr?«

Goethe sah sie an. Den ›Werther‹? Wieso schon wieder ›Werther‹?

»Ich habe da so meine eigene kleine Show zusammengestellt, erzähle viel über Bücher und wie man sie schreibt und so, das kommt ganz gut an.«

Sie schüttelte enttäuscht den Kopf. »Aber in meinen Unterlagen steht ›Werther‹, und die Lehrer haben sich jetzt auch schon drauf eingestellt.«

Goethe seufzte. »Können Sie kriegen.«

Da nickte sie zufrieden und etwas trotzig, als hätte ihr ein Selbstbewusstseinsratgeber beigebracht, sich an diesem Donnerstag mal gegen irgendjemanden durchzusetzen. Dass sie es sogar gegen einen Goethe geschafft hatte, konnte sie dann auch noch als doppelten Gewinn einstreichen. So kam es Goethe vor, und das gefiel ihm ganz und gar nicht.

»Haben Sie ein Mikrofon?«, krächzte er heiser.

»Ach, da müsste ich den Hausmeister fragen«, sagte die Bibliothekarin etwas unentschlossen, so als sei das etwas, was sie wirklich nur im äußersten Notfall tun wolle, und ein Notfall schien ihr der Goethe hier nicht zu sein. Hoffentlich überlegte die sich jetzt nicht, was ihr Selbstbewusstseinsratgeber zu Mikrofon-Anfragen sagte. Sie setzte ihr entschieden zu breites Hinterteil auf einen leeren Tisch, der sicherlich schon für Sabrina Jacqueline Huggelmann bereitstand, und schwieg unentschlossen.

Auch Goethe schwieg. So einfach würde er sie das nicht aussitzen lassen. Er würde ihr an diesem Beispiel schon noch zeigen, was es hieß, sich mit einem Klassiker anzulegen.

»Geht es nicht so?«, fragte die Bibliothekarin und sah an Goethe vorbei.

Er schüttelte nur kurz den Kopf und krächzte. »Ich glaube nicht, dass das meine Stimme mitmacht. Und es steht ja auch in den Unterlagen: ›Bei größeren Gruppen Mikrofon‹.«

Das saß. Da hatte sie ihre Unterlagen zurück, die dumme Nuss.

Begeistert guckte sie nicht, diese Bibliothekarin, aber sie gab sich geschlagen. »Ich schau mal, ob ich den finde.« Mit diesen Worten wuchtete sie ihren Körper, der eindeutig an Bewegungsmangel litt, aus dem Kellerraum heraus auf die Treppe zu.

Na also, dachte Goethe und wollte sich einen Schluck Wasser einschenken, um die Stimme zu ölen. Doch da bemerkte er eine tote Fliege, die auf dem Boden des Wasserglases lag. Er drehte das Glas herum. Sie klebte fest. Er versuchte, sie mit den Fingern herauszuangeln, aber das Glas war zu schmal und seine Finger waren zu kurz. Er kam nicht dran. Gleichzeitig spürte er seine Heiserkeit, und Wasser, das hatte ihm Fräulein Huggelmann mit auf den Weg gegeben, Wasser war seine einzige Chance. Goethe sah sich nach einem Waschbecken um. Aber hier unten war nichts. Kein Waschbecken und auch kein Mülleimer. Nur dieser Tisch, der Stuhl und der schwarze Vorhang, hinter dem sich die nackte Betonwand verbarg.

Goethe überlegte kurz, ob er wohl die Küche finden und rechtzeitig zurück an seinem Tischchen sein würde. Aber da hörte er schon die Schülergruppe ins Gebäude stürmen.

Kurz entschlossen nahm er einen kräftigen Schluck aus der Flasche. Vor den Schülern konnte er das nicht bringen. Aber hier und jetzt sah ihn doch niemand. Er stellte das Fliegenglas auf den Tisch. Tot. Im Wasserglas. Woran war sie gestorben? Lag sie da schon länger? Und warum klebte sie am Boden des Glases fest?

Die Schüler stürmten den Raum. Sie waren jung. Viel zu jung. Und es waren viele. Viel zu viele. Mitten unter ihnen tauchte Fräulein Huggelmann mit ihren Kisten auf. Die einzige Person im Raum, die ihm ein Lächeln hätte schenken können. Aber selbst die Huggelmann hatte nur eine sorgenvolle Miene zu bieten. Von den Lehrerinnen ganz zu schweigen. Die waren genervt. Von ihren Schülern, von der Bibliothekarin, dem lästigen Weg hierher? War die ganze Aktion mal wieder vom Schulleiter verfügt worden? Oder fanden die Lehrerinnen Goethe zum Kotzen? Er wusste es nicht. Und es ging ihn letztlich ja auch nichts an. Aber ein bisschen verdunkelte sich seine Laune schon, als er sich noch einmal klarmachte, wie er in diese missliche Lage gekommen war: Cottas Assistentin, kein Honorar, Schiller. Alles in allem hatte Goethe das dringende Gefühl, dass ihm Dankbarkeit entgegenschlagen sollte. Dankbarkeit und nicht diese überhebliche Gleichgültigkeit, mit der diese Kuhtreiber von Pädagogen ihre Schützlinge in die Lesung schafften. Immerhin wirkten die Medikamente der Huggelmann. Der Kopfschmerz war einem dumpfen

Druck gewichen. Konzentriert war Goethe nicht, Lust hatte er auch keine, das Lampenfieber war erloschen, aber irgendwie würde er das schon hinkriegen.

Der Hausmeister kam angemuffelt, steckte hinter dem schwarzen Vorhang ein Kabel ein, baute ein Stativ vor Goethe auf, klemmte ein Mikro rein und rief gegen den ohrenbetäubenden Lärm der Schülermasse Goethe ein unfreundliches »Bitte schön« zu.

Goethe überlegte noch, ob er den wohl um ein sauberes Glas bitten konnte.

Aber der Hausmeister hatte mit seinem pampigen Zweiwortsatz den völlig überfüllten und sich durch die zahlreichen 36,8 Grad Celsius warmen menschlichen Körper aufgeheizten Raum schon wieder verlassen. Fräulein Huggelmann war so unerreichbar wie eh und je und baute ihre Bücher auf, die sie vor den gierigen Händen der Kinder schützen musste. Noch immer wurden Schüler von ihren Pädagogen in den Saal geschickt.

Die Stühle reichten nicht. Die Bibliothekarin bellte eine Riege Schüler auf den Boden vor die erste Reihe. Dort saßen sie unmittelbar vor Goethes Tisch. Auch zu seiner Linken und zu seiner Rechten wurden die Zuhörer platziert.

Schiller hätte das bestimmt wieder gefallen. Volksnäher ging es kaum. Aber der meldete sich ja lieber krank, um seinen Rausch auszuschlafen, dieser Schuft und Hallodri von einem Freund. Wahrscheinlich hatte er das geahnt oder gewusst. »Goslar ist die Gosse«, hatte Schiller gesagt. Er hatte es gewusst.

»Der Schiller ist heute gar nicht da?«, rief ihm eine Lehrerin der freundlicheren Art ins Ohr, die extra nach vorne gekommen war, um ihn zu begrüßen.

»Nein, der ist leider erkrankt«, antwortete Goethe. Sein Hals schmerzte. Das würde er niemals überstehen, niemals.

Das hatte die Fliege vermutlich auch gedacht, als sie ins Glas gefallen war. Warum war sie nicht einfach rausgeflogen? Was um alles in der Welt hielt eine Fliege auf dem Boden eines Glases fest?

»Schade, der war ja auch im letzten Jahr bei uns gewesen«, sagte die Lehrerin. »Das war ganz toll.«

Gib's mir, dachte Goethe. Ich bin auch ganz toll. Ich bin Klassiker so wie er, vielleicht, wenn ich ehrlich bin, sogar noch ein bisschen klassischer. Und dein toller Schiller hat sich mit Absicht dermaßen die Kante gegeben, dass er heute nicht auftreten kann. So toll wird es also nicht gewesen sein im letzten Jahr.

»Wollen Sie echt den ›Werther‹ hören?«, fragte Goethe.

Die Lehrerin guckte etwas unsicher. »Ja, doch, ich glaube die Kolleginnen wollten so was. Aber, ehrlich gesagt, vorbereitet haben wir nichts.«

Mit diesen Worten zog sie sich zurück. Weit, weit zurück. Irgendwo in der letzten Reihe stand sie, Goethe sah sie zuletzt am Büchertisch. Danach nicht mehr. Ebenso ihre Kolleginnen. Allesamt verschwunden, während die Schüler schrien, sich um Plätze stritten und sich nicht für Goethe interessierten. Die Bibliothekarin stand in der letzten Reihe und schickte Goethe böse Blicke nach vorn. War es etwa seine Aufgabe, hier für Ruhe zu sorgen?

»Guten Morgen«, krächzte er ins Mikrofon.

Die Schüler hörten auf zu streiten. Stattdessen begannen sie, zu lachen und ihn nachzuäffen.

»Ich bin etwas heiser«, gab der Klassiker zu. »Aber das wird schon. Ihr wollt gerne den ›Werther‹ vorgelesen bekommen«, sagte er. »Oder eure Lehrerinnen wollen das.«

Wieder lachten die Schüler. Nicht über seinen Spruch, sondern über seine Stimme.

Nach drei Sätzen aus dem ›Werther‹ war Goethe klar, dass das nichts werden konnte. Er klammerte sich am Buch fest. Er machte Pausen, um die Kinder wenigstens zum Sitzen zu animieren. Er goss sich ein Glas Wasser ein. Er schwitzte. Er sah auf die Uhr. Es waren noch keine zehn Minuten gelesen. Die Menge redete fast lauter als er. Trotz Mikrofon. Die Bibliothekarin verließ den Raum. Nun waren sie allein. Goethe, die Huggelmann und zweihundert schlecht erzogene Grundschulkinder. Einige hatten Handys dabei und hantierten damit herum. Waren die nicht an Schulen verboten?

»Ich weiß wohl, dass wir nicht gleich sind noch sein können«, las Goethe. Ein Handy piepte. Goethe sah auf. Ein Mädchen blickte auf das Gerät. Direkt vor ihm. »Soll ich dir helfen, Jungfer?«, fragte Goethe das Mädchen.

Keine Reaktion.

»Scheiße. Alles scheiße!«

Goethe ließ das Buch sinken.

Plötzlich ließen die Schüler ihre Handys Handys sein. Der Raum erstarb in Schweigen. Sabrina Jacqueline Huggelmann guckte ängstlich zu ihm herüber.

»Genau!«, riefen einige Jungs aus den hinteren Reihen. »Alles scheiße, Opa!«

Der Junge glaubte wohl, dass Goethe taub sei. Aber da hatte er sich geschnitten. Und zwar ganz gewaltig.

»Pass auf, du Giftzwerg!«, piepste Goethe den Rufer an. »Deine blöde Hackfresse kann ich eh nicht mehr sehen! Also halt den Rand, wenn dir deine Zähne lieb sind!«

Das Schweigen war eisig. Eine Betonwand zogen diese Schüler hoch. Sie konnten Goethe nicht leiden. Nun war es raus. Und Goethe konnte die Schüler nicht leiden.

»Handys weg und Schnauze halten!«, sagte Goethe.

Die Handys verschwanden, bis auf eines, das hielt ein Junge in die Höhe, aber das nahm Goethe kaum wahr.

»Ihr seid die beschissensten Kinder Deutschlands!«, rief der Klassiker außer sich. Sein Hals schmerzte, aber das war Goethe egal. Er kam endlich in Fahrt. »Kein Wunder, schließlich lebt ihr einem Drecksnest, gegen das die verfluchte Bürokratenprovinz von Weimar noch eine Weltstadt ist. Ich komme hierher, um euch Kultur beizubringen, und ihr Hanseln schafft es noch nicht mal, für fünfzehn Minuten die Fressen zu halten! Ich hasse euch, nur dass das mal klar ist. Und mir ist es scheißegal, ob ihr etwas von dem kapiert, was ich euch vorlese.«

Ein Mädchen musste lachen.

»Was gibt's da zu lachen, Kröte?«, fuhr Goethe das arme Ding an. »Ich hab die Schnauze dermaßen voll von euch, dass ich kotzen könnte! Welcher Vollidiot hat eigentlich die Prügelstrafe abgeschafft? Wenn es nach mir ginge, würde ich euch alle übers Knie legen!«

Ruhe.

Endlich Ruhe.

Goethe setzte sich auf den Tisch.

Er nahm einen tiefen Schluck aus dem Wasserglas. Er spürte sie.

Die tote Fliege.

Sie war in seinem Mund.

Widerlich. Goethe sah sich um. Kein Waschbecken, zu dem er eilen konnte. Kein Mülleimer. Ausspucken war unmöglich, überall saßen diese Kinder. Alle Augen waren auf ihn gerichtet. Auch die der Huggelmann. Voller Angst. Und doch in der Erwartung, dass er nun etwas tun würde. Etwas lesen. Etwas erzählen. Goethe hatte endlich für Ruhe gesorgt, und jetzt konnte er nichts sagen, denn er hatte diese Leiche im Mund. Goethe schluckte. Die tote Fliege kratzte seinen Hals hinunter. Ekelhaft. Goethe schüttelte sich.

Teufel, Teufel, er hasste Goslar.

»So Leute«, fauchte er. »Und jetzt will ich von euch Mineralien hören! Und zwar von A bis Z! Und wer sich hier nicht mit Geologie, Philosophie oder wenigstens Theologie auskennt, der hat ganz, aber ganz schlechte Karten!«

Die Schüler rechts tuschelten etwas. Sofort war Goethe bei ihnen. Es war der Junge, der noch immer das Handy hochhielt, um den herum getuschelt wurde.

»Du da, Hackfresse!«, fauchte Goethe den Jungen an. »Handy weg, sonst kracht es!«

Das wirkte.

Das war die Sprache, die diese Goslarer Gossenkinder verstanden. Der Junge ließ sein Handy verschwinden und machte einen dankbaren, ja geradezu zufriedenen Eindruck. Selbst Fräulein Huggelmann zeigte sich beeindruckt, als Goethe diesen Schülern nun zuerst allerlei über Mineralien erzählte, um anschließend die Fehler seiner Farbenlehre offenzulegen.

Auf den Punkt genau nach fünfundvierzig Minuten brach er seinen Vortrag ab und fragte: »Habt ihr Fragen? Nein? Gut, ich habe meinen Vertrag erfüllt. Also geht eurer Wege! Aber gesittet!«

Die so Angesprochenen standen auf.

»Haben wir jetzt noch Schule?«, fragte einer.

»Was weiß denn ich«, fauchte Goethe, aber genau in diesem Augenblick tauchten die Lehrerinnen wieder auf, und mit dem Auftauchen dieser Personen fielen die Schülerinnen und Schüler zurück in ihr normales Verhaltensmuster und brüllten und schubsten und schrien wie eine Herde dämlicher Schafe.

Ein Autogramm wollten sie dann aber trotzdem noch alle haben.

Erschöpfung. Völlige Erschöpfung machte sich breit, als Goethe seinen Koffer im Hotel abstellte. Eine kurze Dusche. Immerhin war das Hotel besser: großes Badezimmer mit gewaltigem Spiegel. Aber auch hier waren die Handtücher in Weichspüler voller überzogener Duftstoffe getaucht – als Goethe sich mit einem dieser textilgewordenen Duftwolken abtrocknete, fragte er sich, welche hygienisch nicht ganz einwandfreien Verwendungspuren eigentlich hier übertüncht werden sollten. Er schob die Frage lieber beiseite, zog sich rasch etwas Festlicheres an. Dann lief er hinunter ins ordentliche Restaurant, wo Fräulein Huggelmann schon am Tisch vor der großen Fensterfront saß. Auch sie hatte sich etwas frisch gemacht.

»An Ihnen ist ein Pädagoge verloren gegangen, Herr Goethe.«

»Sprechen wir nicht mehr davon«, wich der Klassiker aus. Nicht ausweichen konnte er hingegen ihrem Ausschnitt, den sie gegenüber dem Morgen noch verschärft hatte. Sie beugte sich weit vor, ihm tiefen und allertiefste Einblicke gewährend, und sprach sehr leise, was auch ihm dazu Anlass bot, sich so weit als möglich ihren Reizen zuzuwenden.

»Ich kann Sie im Grunde verstehen«, flüsterte sie. »Das war eine Frechheit, Sie so allein zu lassen. Diese Lehrer waren die Pest.«

»Die Schüler auch«, hauchte Goethe, ihre Hand ergreifend. »Ohne Sie an meiner Seite hätte ich das kaum überstanden.«

»Natürlich hätten Sie! Aber jetzt ist es ja so gut wie gelaufen. Heute Abend noch einmal im Jugendklub und morgen dann das große Brocken-Festival.«

So plauderten sie über das Naheliegende, kamen zum Ferneliegenden, bestellten Salate und Nudelgerichte, aßen und sprachen, und Goethe erfreute sich an den reizenden Aussichten.

Fräulein Huggelmann rüttelte hin und wieder ihren Ausschnitt zurecht; so jedenfalls kam es Goethe vor, und als sie leiser mit ihm sprach, fragte sich Goethe, ob es wohl ungebührlich wäre, wenn er seine Nase noch tiefer in ihren Ausschnitt stecken würde.

Es blitzte.

Wie passend, dachte Goethe und schielte noch einmal nach dem gelobten Land. Wieder blitzte es.

Da draußen musste ein mächtiges Gewitter aufgezogen sein, was den Klassiker an frühere Gelegenheiten, die er in Text verewigt hatte, erinnerte. Der erquickende Duft der feuchten Erde lag ihm schon erwartungsvoll auf der Zunge.

»Klopstock, Mann«, hörte er denn auch prompt Fräulein Huggelmann sagen.

Goethe wähnte sich am Ziel. Lotte, Werther, die berühmte Gewitterszene, eine seiner besten, wahre Meisterschaft, diese Berührung zwischen Lotte und Werther, gepaart mit der Geistesnähe und das auch noch mit dem ganzen Unsterblichkeits- und Empfindsamkeitsgedöns, er war einmal mehr von sich selbst überwältigt und piepste heiser: »Ja.«

Es blitzte abermals. Allmählich müsste es aber auch mal donnern, meldete eine Stimme aus einem Hinterzimmer von Goethes gewaltigem Geist. Fräulein Huggelmann zog ihre Hand zurück und deutete nach links, wo es wieder blitzte.

»Da ist Heinz Klopp-Stockmann, von der ›Allgemeinen‹«, sagte sie leise.

Wie? Goethe folgte ihrem Blick. Scham und Wut schossen ihm in gleichen Teilen ins Gesicht. Sie hatte nicht Klopstock gesagt, sie hatte Klopp-Stockmann gesagt oder jedenfalls gemeint. Das war das glatte Gegenteil. Hier war auch kein Gewitter am Werke, es war ein Fotograf, einer von der Sorte, die Goethe zu je einem Drittel kannte, fürchtete und hasste.

»Den Film her!«, rief Goethe aufspringend. Seine Stimmbänder ächzten.

»Das ist digital, Opi Goethe«, sagte Klopp-Stockmann und hielt mit seiner Kamera weiter auf Goethe.

»Her mit dem Ding, Drecksack!«, rief nun Goethe und stürzte auf den Fotografen zu, der kühl lächelnd die Kamera weiter auf Goethe richtete, sich dann aber doch rasch zurückzog. Goethe jagte ihn aus dem Saal, hoffte noch immer, dass er der Kamera habhaft werden könnte, musste dann aber doch erkennen, dass sein Atem nicht so weit reichte wie sein Wille.

»Wiedergeburt. Spontane Wiedergeburt, das wär's«, keuchte Goethe, als er sich zurück zum Tisch begab. Am liebsten in einem neuen, athletischeren Körper voller straffer Muskelfasern. Dann würde er Jagd auf diese Journalisten machen. Ha, da würde sich dieses grässliche Pack vorsehen. Doch nun musste er schnell wieder umschalten, versuchen, seine unschöne Aggressivität unter einem Mantel aus Charme zu verbergen.

Doch Fräulein Huggelmann war nicht mehr allein. Bei ihr am Tisch saß ein junger Mann. Die blonden Haare nach hinten gekämmt. Ein Sakko und dazu eine Jeans. Wer war das? Ihr Chef? Jemand aus dem Verlag? Oder gar ein Verehrer?

»Ich sehe, wir haben einen Gast?«, gab sich Goethe gönnerhaft. Gleich würde dieser Lackaffe, wer auch immer er war, zu einer Salzsäule der Verehrung erstarren, wie es, Christiane, das gar zu tumbe Volk und Heinrich Heine ausgenommen, bislang noch bei jedem Menschen gewesen war, dem Goethe seit der Klassik begegnet war.

Der junge Mann aber war etwas Besonderes. Das merkte Goethe gleich. Er war unempfänglich für Goethes Klassiker-Blick. Von Erstarren konnte keine Rede sein. Er war groß gewachsen, vielleicht sogar größer als Schiller, hatte leuchtende Augen, die jeden Gegenstand voller Interesse und Neugier aufzusaugen schienen. Etwas zu neugierig betrachtete er Goethes Blick und hielt diesem forschend stand.

»Sven Weber«, stellte er sich vor. »Freier Journalist.«

Diese Worte sollten wohl irgendwie auf Goethe wirken. Taten sie aber nicht.

»Dr. h. c. Johann Wolfgang von Goethe«, stellte sich Goethe vor. »Freier Schriftsteller.«

Herr Weber lachte. »So viel Humor hätte ich Ihnen gar nicht zugetraut.«

Goethe verstand nicht ganz, was daran Humor gewesen sein sollte. Er hatte das durchaus ernst gemeint. Aber sei's drum.

Fräulein Huggelmann warf Goethe einen eindringlichen Blick zu. Er verstand nicht, was sie meinte. Sie wollte ihn offenbar warnen. Vor wem oder was? Vor diesem Hanswurst von einem Weber?

»Mal wieder ein Weber im Harz, was? Ich selbst entstamme ja auch einer Weber-Familie, wie Sie zweifelsohne wissen«, sagte Goethe. Sein Hals schmerze. Er musste weniger sprechen. Sonst konnte er nicht nur die Abendveranstaltung, sondern auch das morgige Finale auf dem Brocken vergessen.

Der Journalist nickte. »Textor, latinisiert aus Weber.« Er lächelte hinterhältig. »Aber ich glaube kaum, dass wir verwandt sind.«

»Nein, das wüssten Sie wohl.«

Der Journalist packte ein Aufnahmegerät aus. »Dürfte ich Ihnen ein paar Fragen stellen? Es wird keine fünf Minuten dauern.«

Goethe sah, noch während er es gestattete, dass Fräulein Huggelmann kurz, aber energisch den Kopf schüttelte. Zu spät. Er hatte es bereits genehmigt. Außerdem war das doch eine schöne Gelegenheit, dem Fräulein Huggelmann mal zu zeigen, wie man mit Journalisten, die man nicht wegjagen wollte, umging.

»Wären Sie bereit, Ihr Fahrtenbuch offenzulegen?«, fiel der Journalist gleich mit der Tür ins Haus.

Goethe wachte endlich auf. Fahrtenbuch? Darum ging es? »Die Sache ist doch längst vom Tisch«, sagte er.

»Für mich noch nicht ganz«, erwiderte Herr Weber.

»Warum nicht? Ist doch alles geklärt. Dieser entweder hinterhältige oder völlig naive Schmierenschreiber von der Zeitung versteht sein Handwerk eben nicht. Sonst hätte er sich ja nicht so durch und durch falsch informiert. Aber das ist Schnee von gestern. Was wollen Sie denn noch mit dem Thema?«

»Sagen wir, es geht mir um die Berufsehre«, erklärte sich Weber lächelnd und unklar.

»Ach ja? Inwiefern?«

»Was würde Sie wohl tun, wenn Ihnen jemand vorwirft, Sie seien ein Lügner, ein wahlweise hinterhältiger oder völlig naiver Schmierenschreiber und obendrein auch noch falsch informiert? Und wenn Ihnen dann auch noch Ihre wichtigste Quelle vor der Nase weg verhaftet würde, was würden Sie denn dann machen?« Weber lächelte nicht mehr. Er sah Goethe ernst an.

Goethes Hals zog sich zusammen. Das war sicherlich der Gesundung von der Heiserkeit nicht zuträglich, schoss es ihm durch den Kopf. Gleichzeitig bemerkte er diese Gesprächslücke. Weber. Sven Weber. Natürlich, den Namen hatte er schon einmal gelesen.

»Sie sind das? Sie sind der Schmierenschreiber?«

Weber schüttelte den Kopf. »Können Sie nicht einfach meine Fragen beantworten und mir das Fahrtenbuch zeigen, ohne mich weiter zu beleidigen?«

»Vergessen Sie es.« Goethe sah Weber nicht mehr an, wandte sich Fräulein Huggelmann zu und fügte für Webers Ohren an: »Und jetzt entschuldigen Sie uns bitte. Wir haben hier noch etwas zu besprechen.«

»Also haben Sie doch etwas zu verheimlichen«, hakte Weber nach. Nun wurde er lästig.

»Ach was! Nichts habe ich da zu verheimlichen«, entfuhr es Goethe. »Ich lasse mir nicht gerne in den Privatangelegenheiten herumschnüffeln. Das wird Ihnen kaum anders gehen. Datenschutz haben Sie vielleicht auch schon mal gehört.«

»Nur fahre ich keinen Dienstwagen, der mit Steuergeldern finanziert wird. Da es sich um öffentliches Geld handelt, gibt es auch ein berechtigtes öffentliches Interesse daran, wie es verwendet wird.« Der Kerl war penetrant ruhig, und jetzt kam er auch noch juristisch.

Goethe lehnte sich zurück. »Ich bin nicht verpflichtet, das Fahrtenbuch offenzulegen.« Plötzlich sah er Weber in die Augen. Dieser Kerl sollte abhauen. Und zwar schleunigst! Aber wie wurde er den nur los? »Wenn Sie es denn unbedingt wollen: Ich kann es offenlegen. Da können Sie dann jeden verdammten Kilometer mit Ihrem Computer und Ihrem investigativen Scharfsinn nachrechnen. Oder besser noch: Nehmen Sie Ihre lächerlichen Schuhe und laufen Sie jeden verdammten Kilometer zu Fuß nach und betrachten Sie die Asphaltdecke genau – möglicherweise liegen da ja noch Privatangelegenheiten von mir herum, die Sie für einen Artikel auspressen wollen. Ich halte es nämlich nicht für ausgeschlossen, dass ich auch auf einer Dienstreise ganz privat meine Notdurft verrichte, Sie Aftergeselle! Ich wünsche Ihnen viel Spaß dabei, die Wege, Umwege und die Parkplatzsuche werden Sie ja sicherlich auf den Zentimeter genau rekonstruieren!« Goethe schnaufte schwer. »Und dann werden Sie schon sehen, was dabei herauskommt: Ihre Anschuldigungen sind nichts als haltlose Behauptungen! Bislang habe ich von juristischen Schritten gegen Sie abgesehen, aber übertreiben Sie es nicht, Weber!«

Der Journalist lächelte kühl. »Ich habe auch einen Anwalt. Und die Zeitung hat eine ganze Rechtsabteilung. Aber lassen wir diese Sache doch mal beiseite. Stimmt es, dass bei der Stadt Weimar ein Bauantrag von Ihnen auf Eis liegt, der erst nach der Wahl bearbeitet werden soll, weil es Probleme mit dem Denkmalschutz geben könnte? Und der Ministerpräsident soll Ihnen da mit einer Landesinitiative behilflich sein; ist das so weit richtig?«

Goethe fuhr auf. Was? Wie? Woher wusste der Kerl? Jetzt reichte es aber. Unter den Teppich, was unter den Teppich gehörte! Er sperrte den Mund auf, aber der Journalist legte noch nach: »Und stimmt es ferner, dass Sie Beamten der Denkmalschutzbehörde Lustreisen nach Italien spendiert haben, um sie gefügig zu machen?«

»Unsinn!«, rief Goethe nun so heftig, dass seine heisere Stimme wieder in ein lächerliches Kieksen umschlug. »Das größte Denkmal Deutschlands bin immer noch ich! Ich habe es nicht nötig, von Denkmalschutzbehörden auch nur meinen Hintern mit einem Stempel tätowieren zu lassen. Und jetzt lassen Sie uns endlich in Ruhe! Die Audienz ist beendet.«

»Also stimmt das alles nicht?«, hörte der Journalist nicht auf zu bohren.

»Verschwinden Sie!«, fauchte Goethe und zeigte zur Tür am Ende des Saales, in der in diesem Augenblick Schiller erschien.

»Also stimmt es doch?«, hakte dieser Journalist wieder nach. Er lächelte wieder. »Sie können nicht alle Zeugen mit Drogen versorgen und verhaften lassen. Es gibt andere Quellen, die nur zu gern über Ihre Machenschaften berichten!«

Goethe ballte erst innerlich die Fäuste, dann auch äußerlich. Aber halt, man durfte Journalisten nicht verprügeln; jedenfalls nicht im Wahlkampf, schoss es Goethe noch durch den Kopf. Außerdem war der Kerl ihm über.

»Probleme?«, fragte Schiller, wie immer etwas eiliger an den Tisch tretend.

Schillers Auftritt wirkte Wunder. Der gerade noch so bequeme und forsche Herr Weber packte eilends sein Aufnahmegerät und sprang vom Stuhl auf.

»Bist du das, Bürschchen?«, fauchte Schiller.

Sven Weber sagte noch: »Ich bedanke mich für das Gespräch. Sie hören von mir.«

»Hiergeblieben!«, rief Schiller, aber Weber rannte schon aus dem Restaurant. »Journalist! Elender!« Schiller schnappte sich eine Tasse und warf sie ihm nach. Das Geschoss verfehlte den Journalisten und flog gegen die Wand, von der es splitternd herniederkrachte.

Goethe war erleichtert. Fräulein Huggelmann zeigte sich beeindruckt. »Was ist denn zwischen dir und der ›Allgemeinen‹ vorgefallen, Fritz?«

Aber Schiller winkte ab. »Das ist eine Familienangelegenheit.« Ein Lächeln huschte über sein Gesicht. »Wäre aber eine schöne letzte Tat im Leben, diesen Kerl ein bisschen zu vermöbeln.«

»Oder zu kreuzigen«, murmelte Goethe.

»Nein, so göttlich ist er nicht«, sagte Schiller kenntnisreich. »Und ich kann dich beruhigen, Wolfgang. Wenn es ernst wird, zieht der den Schwanz ein. Kein Charakter.«

Mag sein, dachte Goethe. Aber wozu brauchte ausgerechnet ein Journalist Charakter, wenn er die richtigen

Informanten hatte? Nein, das mochte im Persönlichen zwar eine entscheidende Schwäche dieses Weber sein, aber Goethe sah nicht, wie er daraus Gewinn ziehen könnte. Schließlich hatte der Kerl ja nicht um die Hand seiner Tochter angehalten. Dieser Gedanke wiederum ließ Goethe ahnen, was zwischen Schiller und Weber ungefähr vorgefallen sein könnte. Wenn es um den weiblichen Teil seiner Sippe ging, war Schiller eigen. Sehr eigen. Insgeheim war Goethe froh, dass Schiller nichts von seiner Steffi-Episode wusste. Das durfte der Freund niemals erfahren.

Fräulein Huggelmann hatte nur noch Augen für Schiller und wollte sehr besorgt wissen, wie es denn stehe.

»Gut, gut«, sagte Schiller. »Die Lesung heute wird wohl noch gehen.«

Goethe nahm einen Schluck vom Wasser. »Bist du wieder genesen? Auferstanden von den Toten?«

Schiller sah zu ihm herüber. Schwieg. Dann sagte er mit plötzlichem Ernst: »Ich werde nicht mehr genesen.« Und etwas leiser fügte er hinzu: »Ab jetzt geht es jeden Tag ums Ganze.«

Goethe verdrehte innerlich die Augen. Die Leiden des alten Schiller. Seit Jahrhunderten ging das nun schon so. Gesoffen hatten sie und das auf ihre alten Tage, das war die ganze Wahrheit. Dieser schillersche Hang zum Dramatischen! Gut, diese Zusammenbrüche, die waren schon etwas ernster. Jedenfalls fand das auch Goethe nicht normal, dass jemand so oft zusammenklappte und im Krankenhaus wieder zusammengeflickt wurde. Andererseits: Bei dem Alter, das sie inzwischen erreicht hatten, brauchte man sich ja keine großen Sorgen mehr um die Gesundheit zu machen. Das war doch alles gelaufen. Was hingegen nicht gelaufen war, war der Kampf um Fräulein Huggelmann. Jedenfalls nicht für Schiller. Der nahm dreist ihre Hand, fragte, ob er sie zu einem kleinen Ausflug überreden dürfe, und säuselte auf sie ein, als wäre Goethe gar nicht anwesend.

Und die Huggelmann fiel auch noch drauf rein, wandte sich von Goethe ab und bot nun ihre herrlichen Horizonte Schiller an. O grausame Frauenzimmer, dachte Goethe.

Schiller stand auf: »Wir sehen dich dann nachher bei der Lesung«, schlug Schiller vor.

Goethe nickte matt. »Nur zu, viel Spaß, ich komm schon klar, Friedrich«, nuschelte er. Dieser niederträchtige Schürzenjäger.

Aber da hatten sie ihre Rechnung ohne Fräulein Huggelmann gemacht. »Ich kann heute leider gar nichts mit Ihnen beiden unternehmen.« Sie lächelte entschuldigend.

Schiller ließ das nicht gelten. »Unsinn. Was kann es Wichtigeres geben als einen Nachmittag mit den letzten gerade noch lebenden deutschen Geistesgrößen? Wer weiß, ob wir morgen noch da sein werden?«

Ach, dachte Goethe, jetzt brachte der Schiller ihn also doch wieder ins Spiel, oder setzte er sich selbst hier in den Plural?

»Sie haben ein Stelldichein mit Ihrem Verlobten, oder?«, frotzelte Goethe. Das Gesicht Schillers brachte ihn fast zum Lachen. Das wäre doch fein, wenn hier noch ein Albert auftauchte, dem das liebreizende Fräulein Huggelmann schon seit Monaten so gut wie versprochen war und den sie von Herzen liebte.

Fräulein Huggelmann lachte. »Das würde euch so passen.«

»Äh nein, ganz und gar nicht«, sagte Schiller in einem Augenblick überrumpelter Ehrlichkeit. »Aber nun sag schon, was ist es, was dich von uns wegtreibt?«

»Ihr selbst«, sagte sie. »Falls es euch noch nicht aufgefallen ist: Ihr habt keine Autogrammkarten mehr.«

»Autogrammkarten?« Schiller ließ sich fassungslos auf einen der weiß lackierten Stühle sinken. »Ich will dir die Welt zu Füßen legen, dich in eine Laube wahrer Romantik entführen, dich schweben lassen und dir einen unvergesslichen Nachmittag bescheren. Und du kommst mir mit Autogrammkarten?«

Der Kellner trat an den Tisch und fragte nach Schillers Wünschen. »Können Sie nicht erfüllen, also bringen Sie mir ein Wasser«, nuschelte Schiller.

Fräulein Huggelmann legte ihm eine Hand auf den Arm. Goethe wäre fast geplatzt vor Eifersucht. Noch vor wenigen Minuten hatte ihm diese Geste, diese Berührung ganz allein gehört. »Cotta bezahlt uns alle, Fritz.«

Schiller nickte. Goethe seufzte innerlich und dachte bei sich: fast alle.

»Und ich für meinen Teil brauche das Geld. Er hat vorhin angerufen. Die neuen Autogrammkarten hat die Presseabteilung direkt hier in Goslar drucken lassen. Ich muss sie nur abholen und zur Buchhandlung bringen. Dort muss ich dann auch noch mit den Kollegen plaudern, weil wir das mit den Buchverkäufen heute Abend irgendwie regeln müssen. Schließlich gehört die Buchhandlung nicht meinem Chef. Aber da finden wir eine Lösung. Ich kann dich und auch Sie, Herr Goethe, ja hier um sieben zur Lesung abholen.«

»Jetzt lassen Sie doch endlich dieses alberne Siezen«, witterte Goethe eine letzte Chance, bei Fräulein Huggelmann zu landen. »Ich bin Wolfgang. Johann Wolfgang.«

Fräulein Huggelmann reckte das hübsche Köpfchen, und ihre zarten Wangen erblühten plötzlich in einem wunderbaren Abendrot. Sie strahlte Goethe an. »Ich soll Sie duzen? Sie, der sich von niemandem duzen lässt?«

In Schillers Augen funkelte der Angriffswille. »Nach seiner Mutter dürftest du die zweite Frau in seinem Leben sein, der diese Ehre zuteilwird. Oder Wolfgang? Ach, nein, die liebe Charlotte von Stein selig, die durfte das auch. Aber wie steht es um Christianchen? Immer noch beim Sie?«

Goethe lächelte und schwieg. Netter Versuch, Schiller. Aber er würde die Sprache nicht auf Christiane bringen, indem er diesen Unsinn auch noch kommentierte.

»Ich heiße Sabrina Jacqueline, aber das haben Sie, äh, sorry, das hast du ja schon gewusst«, sagte Saja, die nun wirklich so schüchtern wirkte wie ein kleines Mädchen, was ihren Liebreiz in Goethes Augen erhöhte. Hätte er das gewusst! Sie wollte Goethe duzen – das war es, womit er sie kriegte. Und nun schenkte sie ihm wieder das Lächeln, die Sonne strahlte wieder, und Schiller stand im Regen. Der Punkt ging an Goethe.

»Also komm schon, Saja«, sagte Schiller. »Du wirst uns

doch nicht den Nachmittag wegen ein paar läppischer Autogrammkarten und etwas Blabla verderben wollen?«

Aber Saja blieb hart. »Tut mir leid, da ist nichts zu machen.«

Schiller seufzte. »Na gut, dann werde ich eben doch pünktlich abgeben.«

»Abgeben?«, fragte Goethe.

»Cotta hat vorhin schon wieder angerufen und gedrängelt. Fritz, mach hin, hat er gesagt.« Schiller lachte. »Ich glaube, er hat Angst, dass ich vor Vollendung sterben könnte, so drückt der auf die Tube.«

Soso, dachte Goethe. Man duzt sich mit dem Herrn Verleger. Der Schiller und der Cotta also auch. Diese Brüderschaften, diese Brüderschaften. Und nur darum hat der Schiller sich diesen abermaligen Anruf doch ausgedacht. Nur um es Goethe zu zeigen und die Huggelmannsche zu beeindrucken. Goethe warf einen flüchtigen Blick auf die Dame. Sie hing voll Bewunderung an Schillers Lippen. Und das wegen der läppischen Bekanntschaft mit dem zugegebenermaßen ältesten Verleger deutscher Zunge? Goethe hätte fast lachen müssen. Wer war denn hier der Mann der Kontakte? Wer kannte denn international die Größen aus Politik, Kunst und Wissenschaft? Cotta. Lächerlich. Goethe hatte mit Thomas Mann gefrühstückt, mit Ministerpräsidenten verhandelt und allen lebenden und toten Bundespräsidenten dieser jungen Republik die Hände geschüttelt. Gleich nach dem jeweiligen Amtsantritt. Gut, da war Schiller meist auch zugegen gewesen, aber ohne seine, Goethes, Kontakte in die Politik wären sie in Weimar doch längst so ausrangiert wie der ICE-Haltepunkt. Was wäre Weimar, was wären Deutschland und Europa ohne Goethe? Wer kümmerte sich denn Spielzeit für Spielzeit um die Zuschüsse zu ihrem, Goethes und Schillers, Staatstheater? Es war in den letzten Jahren zugegebenermaßen auch in Weimar weniger geworden. Viel zu wenig, wenn man es genau nahm. Aber Schuld daran trugen nur diese wirtschaftsliberalen Banausen in Erfurt, sicherlich nicht Goethe. Leere Kassen hieß es da immer. Leere Kassen. Als wären die Kassen zu Anna Amalias Zeiten voll gewesen! Diese Stümper. Es galt, trotz leerer Kassen die gute Sache voranzubringen. Das war die Aufgabe eines Politikers, und die wenigsten von diesen Affen schienen das verstanden zu haben. Aber Goethe, der hatte es verstanden und hatte es mehr als einem Finanzminister (oder seiner Frau) beigebracht, um ihm anschließend die Milliönchen aus dem Kreuz zu leiern. Goethe hatte die beeindruckenden Kontakte in die Staatskanzlei. Und Goethe war es auch, der etwas daraus machte. Schiller hingegen … Doch alles Denken und Rechnen half nichts. Die Huggelmannsche himmelte Schiller an. Es war grässlich.

Na warte, dachte Goethe trotzig. Noch ist der Abend nicht gelaufen. Und wir werden ja sehen, hinter welcher Tür das Fräulein heute Nacht verschwindet.

Den Nachmittag verbrachte Goethe allein in seinem Hotelzimmer. Er stellte den Schreibtisch vor die Wand, zog die Vorhänge zu, zündete eine Kerze an und diktierte seiner Eckermann-App Ideen. Es sprudelte nur so aus ihm heraus – fast wie in den alten Zeiten, wenn er von Ungeduld, Angst vor der Vergänglichkeit und den Frauens getrieben war und dichtete, als gälte es sein Leben. Der Rausch der Worte kam über ihn, und er erfand Neues, Neues und nochmals Neues. Jedenfalls für ihn. Goethe entwarf einen Kriminalroman, eine Geschichte mit einem Jungen, der mit Drachen und unsichtbaren Elfen sprechen konnte, ein Drehbuch für eine U-Bahn-Romanze, und nebenbei fielen Ideen für zwanzig Gedichte ab. Das war zwar alles noch recht roh, dafür aber auch recht derb. In der Lyrik ging es um Schenkel und Rücken, Lenden und Fesseln, und die Metrik würde sich schon noch fügen. Als Goethe die App schloss, war er sich für einen Augenblick nicht sicher, ob dies noch als erotische Dichtung wahrgenommen würde oder schon zur Kategorie der Veterinär-Poeterey gezählt werden musste. Aber um die Germanistik konnte und wollte er sich nicht auch noch kümmern.

Mit dem Rest jedenfalls war er sehr zufrieden. Es war seit Jahrzehnten der erste annehmbare Ansatz zu neuer Dichtung, der seinem allem Anschein nach unsterblichen Geist entsprungen war – und das ohne die Angst vor dem Tod. Das war eine neue Qualität. Er spürte eine neue Vitalität. Voll sprühender Begeisterung formulierte er eine überschwängliche E-Mail an den verdammten Cotta, log, dass auch Campe schon Interesse signalisiert habe, dass er, Goethe, Cotta aber den Vorzug geben würde, einfach aus Dankbarkeit, und dann schickte er den Kram auch schon ab, mit dem Zusatz, dass alles noch im Entwurfsstadium sei. So schnell war er noch nie gewesen.

Sein Hals schmerzte noch immer. Goethe probierte seine Stimme aus. Aus dem Kieksen war sie wieder zurück in den tiefsten Bass gesunken. Immerhin. Und es standen ja nur noch zwei Lesungen auf dem Programm. Am Abend das Jugendzentrum »Subway« mit Schiller und am Freitag dann endlich das finale Solo auf dem Brocken. Goethe spielte mit dem Gedanken, sich von Saja noch etwas in den Hals pinseln zu lassen. Schon der Gedanke, wie sie seinen Kopf auf ihren Schoß legen würde, um besser an die beschädigten Stimmbänder zu kommen, macht ihn ganz flatterig. Aber nein, Saja war ja beschäftigt mit Autogrammkarten, der Druckerei, den Buchhändlern und so weiter.

Er sah sich noch einmal die Umfragewerte an. Es würde knapp werden, aber es könnte reichen. Stärkste Fraktion allemal. Zur Not mussten sie eben mit irgendwem koalieren. Früher war schon manches einfacher gewesen, dachte Goethe. Natürlich, der Wagen, der Komfort beim Reisen und Wohnen, das war alles schon sehr schön. Aber dass auch die Dümmsten der Dummen, die Ärmsten der Armen, die Gescheiterten und alle Möchtegerne, sprich: dass der dritte Stand die Geschicke eines Landes durch die Stimmabgabe mitbestimmen sollte, das war Goethe immer suspekt gewesen. Und auch nach all den Jahren blieb es einfach sehr aufwendig, alle vier Jahre neue Seilschaften zu bilden und zugleich die alten Fäden nicht aus der Hand zu verlieren für den Fall, dass das wankelmütige Volk in der nächsten Wahl mal wieder das Gegenteil von dem wählte, was es zuvor für das Beste gehalten hatte. Nein, das hatte es zu Herzogs Zeiten nicht gegeben. Damals waren Wahlen noch eine vorhersehbare, sauber und nach den ungeschriebenen Regeln des politischen Schachers ausgekungelte Sache. Elegant war das zwar nicht immer gewesen, aber zumindest war es möglich, etwas zu bewegen. Für Goethe.

Auch die Todesstrafe vermisste er irgendwie als unmissverständliches und einfaches Instrument, aber das konnte man ja öffentlich nicht mehr zugeben. Dieses ewige Wegsperren, das hatte doch etwas gar zu Zärtliches, und teurer war es auch. Aber sei's drum.

Sein Gehirn spielte ihm einen genialen Streich: Beim Gedanken an das Gefängnis fiel ihm dieser Sven Weber wieder ein. Der würde sein Fahrtenbuch nun sicherlich einsehen wollen und keine Ruhe geben, bis Goethe ihm das unter die neugierige Nase hielte. Also musste Eckermann da ran. Und zwar schneller, als dieser Weber es von Goslar nach Weimar oder Erfurt schaffen würde.

Goethe wollte schon eine Nachricht an Eckermann schreiben – allein, diese Speichermedien hinterließen ja auch Spuren, was in der gegenwärtigen Lage nicht von Vorteil sein würde. Also rief er ihn doch an. Eckermann war zu Hause. Wie immer. Er schrieb an einem Drama, der Brave. Es sollte ein bürgerliches Trauerspiel werden. Mit einer gewissen Steffi in der Hauptrolle. Von der wollte Eckermann noch etwas berichten, aber Goethe wiegelte ab. Das konnte und wollte er nicht hören. Er konnte sich schon vorstellen, dass sich Steffi bei Eckermann über Goethe ausheulte. Das kam vor. Solange sie nicht schnurstracks zu Christiane rannten, konnten Frauens ruhig weinen. Goethe lobte Eckermann für sein poetisches und moralisches Bemühen und verklausulierte dann: »Wir haben doch ein ordentliches Fahrtenbuch geführt, oder?«

»Ein Fahrtenbuch gibt es schon, allerdings …«, sagte Eckermann.

»Eckermann, wir haben doch«, Goethe räusperte sich. »Ein. Ordentliches. Fahrtenbuch. Oder?«

»Aber Herr von Goethe, Sie haben doch gesagt …«

»Eckermann!«, herrschte Goethe ihn an. Wie konnte man nur so begriffsstutzig sein? »Das Fahrtenbuch möchten wir der Presse vorlegen. Es muss also, ich sage es noch einmal, ein ordentliches Fahrtenbuch geben. Verstehen Sie mich?«

Eckermann schwieg eine Weile. Dann sagte er kleinlaut: »Ich denke schon, Herr Geheimrat. Ja, ja, doch schon kapiert. Wird erledigt.«

Goethe seufzte. Na endlich. Es gab zu wenige Eckermanns auf dieser Welt. Viel zu wenige.

»Geht es Ihnen gut?«, fragte Eckermann. »Sie klingen ein wenig, nun ja, belegt. Wie laufen die Lesungen?«

»Gut, ausgezeichnet«, log Goethe. Doch dann stockte er. Warum nicht mal einem Eckermann die Wahrheit sagen? »Es ist die Hölle, Eckermann. Es ist die Hölle. Und ich bin heiser.«

»Kann ich etwas für Sie tun?«

Eckermann. So war er. Hilfsbereit bis zur Selbstaufgabe. »Na klar, kommen Sie her, übernehmen Sie die Lesung heute Abend und …« Aber nein, aber nein, das alles war ja Unsinn. Es gab da allerdings eine Kleinigkeit, auf die Goethe beim besten Willen keine Lust mehr hatte: den öffentlichen Nahverkehr. Der war entschieden zu öffentlich und entschieden zu nah für das feine Näschen des großen Ästheten. »Im Ernst: Kommen Sie mit dem Wagen. Dann wäre mir schon sehr geholfen.«

Eckermann schwieg. »Es ist nur so, aber da wird sich sicherlich eine Lösung finden … Meine Ururenkelin, Sie erinnern sich, Sie schlugen noch den Namen vor. Jedenfalls wird Anna Amalia Eckermann morgen heiraten. Im Rathaus, zwischen den Gobelins, Sie wissen schon, zwischen all diesen herrlichen ›Faust‹-Motiven.«

Ausgerechnet.

»Und ich bin ja nun der Braut-Ururgroßvater und Trauzeuge, also, das wird sehr, sehr schwierig werden. Aber ich kann versuchen …«

»Unsinn. Nichts versuchen Sie«, sagte Goethe. »Schicken Sie mir den Wagen mit dem Fahrer. Der soll auch mal was tun für sein Geld und mich morgen früh am Hotel abholen.«

»Sind Sie sicher? Mit dem Fahrer, meine ich jetzt.«

»Aber sicher.«

»Und das neue Fahrtenbuch lege ich ihm gleich dazu, ja?«

O Eckermann, du bist so konspirativ wie eine Kaffeerunde bei Tante Charlotte. »Wieso *neues* Fahrtenbuch?« Goethe räusperte sich. »Der Wagen braucht ein«, Goethe sprach etwas lauter, sodass sein Hals schmerzte, »ordentliches, ich betone es noch einmal: ordentliches Fahrtenbuch. Wie wir es ja seit Jahren führen!«

»Schon klar, schon klar«, sagte Eckermann geflissentlich

und versprach, dass er sich um alles kümmern werde, Goethe sich keine Sorgen machen und seine Stimme schonen solle für die beiden letzten Auftritte, die er, Eckermann, zu gern sehen und hören würde, das sei sicherlich sensationell, insbesondere natürlich die Sache auf dem Brocken.

Goethe wollte das Gespräch beenden, Eckermann fragte nur noch: »Haben Sie schon dieses grässliche Video im Netz gesehen?«

»Video? Was für ein Video?«, fragte Goethe.

Eckermann wiegelte ab, es sei nicht so wild und er wolle nichts gesagt haben.

»Eckermann, reden Sie Klartext!«, wollte Goethe fauchten. Aber Fauchen ging mit der Stimme nicht mehr, er begann schon wieder zu kieksen.

»Lieber nicht. Lesen Sie schön. Und leben Sie wohl«, sagte Eckermann und beendete seinerseits das Gespräch.

Goethe hielt das Telefon noch in Händen. Eckermann brach ein Gespräch mit ihm ab? Das hatte es in den einhundertneunzig Jahren, die ihre spezielle Freundschaft nun währte, nicht gegeben.

Es klopfte.

Goethe öffnete die Tür.

Die Wirtin kam mit einer Thermoskanne und einer Tasse. »Gruß von Frau Huggelmann. Sie sollen Hibiskustee trinken und schweigen.«

Goethe nickte. Wie nett. Hibiskustee. Sie kümmerte sich rührend. Was bekam Schiller wohl gerade von ihr?

Er probierte vom Tee. Er schmeckte irgendwie leicht

nach Hohn und Spott. Aber das konnte doch nicht sein, das lag Fräulein Huggelmann fern. Dennoch fragte sich Goethe, ob nicht doch wieder Cotta und Schiller dahintersteckten. Wegen 1788 vielleicht? 1788 – hatte Schiller es durch die Jahrhunderte mit sich herumgetragen? Diese alte, erste Begegnung? Aber nein, aber nein, das war doch längst vergeben und vergessen. Oder?

»Friedrich, mir graut vor dir«, grummelte Goethe im heiseren Bass und verbrannte sich die Zunge am Tee.

Das Jugendzentrum »Subway« war in einem ehemaligen Gefängnis untergebracht. Die Lesung sollte im Partykeller stattfinden. Kalt war es. Und zugig. Ein richtiges Zuchthaus eben. Goethe fand das passend für die Zuhörer, aber nicht für sich und keines seiner Werke. Noch nicht mal die neuen Entwürfe, die er im Hotel hingekritzelt hatte, gehörten in einem finsteren Keller versteckt. Aber Schiller behauptete, alles sei ganz prima und redete auf den Sozialarbeiter ein, der hier das Sagen hatte und Herr über die Mikrofone zu sein schien, dass er ›Klassiker zum Anfassen‹ so liebe, weil es heutzutage gälte, die Jugend ohne die Hemmschwellen, die das Alte und Ehrwürdige eben mit sich brächten, zu erreichen.

Lieber erreiche ich keine Jugendlichen, als diese heiligen, über Jahrhunderte in mühevoller Kleinarbeit aufgerichteten Hemmschwellen niederzureißen, dachte Goethe. Dann dichtete er eben nur noch für Eckermann und die Westentasche.

»Was wirst du heute lesen?«, fragte Goethe Schiller.

Friedrich Schiller ließ seine Augen blitzen und legte dann den Kopf schief. »Ich weiß noch nicht. Eigentlich hätte ich es ganz großartig gefunden, wenn wir noch etwas richtig Klassisches zum Abschluss dieser Reise nehmen würden.«

Goethe spitzte die Ohren. Was hatte Schiller vor? Jetzt doch noch ›Xenien‹ skandieren, die schon zur Entstehungszeit kein Schwein verstanden hatte?

»Bitte denken Sie nur daran, dass wir die Jugendlichen nicht total überfordern«, sagte der Sozialarbeiter.

»Große Kunst ist immer eine Überforderung«, sagte Goethe. »Sie müssen es ja nur hören, aber wir, wir mussten es komponieren, schreiben, verwerfen, neu entwickeln und abermals schreiben, korrigieren, mit Symbolik und Bezügen aufladen und dann feilen und schleifen, bis der Stil die volle Reife erreichte. – Das war eine Überforderung. Dagegen ist das Zuhören ein Klacks.«

Der Sozialarbeiter runzelte sorgenvoll die Stirn. »Äh, haben Sie schon mal vor Jugendlichen gelesen?«

»Lassen wir uns einfach überraschen, wie die jungen Leute so drauf sind«, schlug Schiller fröhlich vor. »Uns fällt dann schon noch was ein.«

Goethe wurde schwindelig. Er wusste, was das bedeutete: Schiller würde mal wieder improvisieren. Und das bei ihrer letzten gemeinsamen Lesung.

»Wie wäre es, bester Freund«, versuchte es Goethe, beim gemeinsamen Luftschnappen kurz vor dem Auftritt, »wenn wir doch noch einmal unsere ›Xenien‹ auf die Bühne brächten? Ich überlasse das Sprechen ganz dir und entwerfe von leichter Hand die ein oder anderen Skizze im Hintergrund.«

Schiller überlegte nicht lange. »Vorzüglich, vorzüglich!«, lobte er den Freund. »So werden wir es machen.« Er zückte sein Mobiltelefon und rief nacheinander die Huggelmann und die Presse an. »Das wird ein Fest! Wie wäre es noch mit einem kleinen Skandal?«, schlug Friedrich Schiller vor. »Nichts allzu Großes, etwas leicht Erotisches oder ziemlich Eindeutiges ...« Schiller sah zu Goethe herüber und bemerkte spitz: »Oder verbietet das deine gegenwärtige politische Lage?«

Schiller. Frechheit. »Nein, nein, ich bin ein freier Mann, kandidiere selbst für nichts und muss mich vor niemandem rechtfertigen als vor meinem Gewissen!«

»Fein!«, freute sich Schiller. »Ich habe nämlich deine ›Römischen Elegien‹ ein wenig modernisiert. Lass dich überraschen.« Mit diesen Worten ließ er Goethe stehen und eilte den Toiletten entgegen.

Goethe stieg aus dem Untergeschoss hinauf auf den ehemaligen Gefängnishof, der nun mit allerlei Sportgeräten bepflanzt war.

»Auf zum letzten Gefecht!«, murmelte Goethe, als er den Wagen der Huggelmann um die Ecke fahren hörte. Er röhrte inzwischen ganz gewaltig, dieser Wagen, als ginge ihm allmählich die Puste aus. Fräulein Huggelmann sah etwas besorgt auf das Blech, als sie ihre schlanken Beine aus dem Wagen gleiten ließ. Diese Beine, schmachtete Goethe bei sich, die wollte, die musste er haben. Einmal. Oder besser zweimal, falls er das zustande bringen würde.

Und heute Abend war die vorerst letzte Chance. Christiane war in der Ferne. Nur Schiller war im Weg. Aber wie sollte er den ausstechen? Er konnte ihm ja schlecht wieder einen Professorenjob in irgendeinem vorzüglichen Drecksnest verschaffen. Goethe schmunzelte, als er sich überlegte, wie fein es wäre, wenn er die hängenden Gärten von Göttingen anriefe. Die würde sich den Friedrich schnappen und ihn durchnudeln, dass es bis nach Weimar schepperte.

Doch dann beeilte er sich, Saja zur Hand zu gehen.

»Lass nur«, sagte diese. »Ich schaff das schon. Aber ob es der Wagen noch auf den Brocken schafft, das steht in den Sternen. Ihr braucht ein Flipchart?«

Goethe nickte und berichtete von seiner Idee, die ihr hervorragend gefiel. »Das ist gut. Das ist sehr gut. Genial eben.« Sie legte den Kopf schief und lächelte ein Lächeln, das Goethe innerlich niederknien ließ. Das Spiel war noch nicht aus. Schiller konnte sich warm anziehen. Zeichnen konnte Goethe definitiv besser als er. Und witzig war er auch, wenn er sich Mühe gab.

Die Jugendlichen strömten nicht in das Kellergewölbe. Jugendliche strömen nicht. Sie tröpfelten auch nicht. Sie trudelten eher ein, aber selbst das war noch zu zielstrebig. Sie liefen so in den Saal, als seien sie allesamt mehr oder weniger zufällig hier und nur weil ihre Freundin oder ihr Freund meinten, dass das hier gut sein solle. Kurz: Sie skeptizierten in den Saal. Goethe notierte sich das innerlich und freute sich mit seinen Deutschen, dass er ihnen wieder ein neues klassisches Verb geschenkt hatte.

Schiller ließ auf sich warten. Nach seinem Toilettengang

hatte Goethe ihn jedenfalls nicht mehr gesehen. Saja hatte ihren Büchertisch aufgebaut. Die nagelneuen Autogrammkarten lagen auch bei ihr bereit. Sie sah auf die Uhr. Der Saal füllte sich.

Goethe schlenderte an Sajas Tisch vorbei.

»Hut ab«, raunte die ihm zu. »Ihr zieht eben doch noch. Damit hätte ich nicht gerechnet.«

Goethe lächelte. »Ich auch nicht.«

Eigentlich sollte er hinter der Bühne auf seinen Auftritt warten. Aber er konnte sich nicht von Saja losreißen, die auch noch ganz vorzüglich roch. Nein, hier war der beste Platz von allen. Hier würde er bleiben, bis es endlich losginge. Das allerdings dauerte nicht lange.

Der Sozialarbeiter sprang auf die Bühne, begrüßte die Jugendlichen mit einigen launigen Sätzen und kündigte an, dass im Anschluss an die Lesung natürlich eine Party steige mit Disco.

»Es darf also getanzt werden, und das gilt auch für unsere Gäste. Also Leute, ein tosender Applaus für Friedrich Schiller und Johann Wolfgang Goethe!«

Seit wann hießen sie Schiller und Goethe und nicht mehr Goethe und Schiller?, ärgerte sich Goethe. Schiller trat hinter dem Vorhang auf die Bühne ins Scheinwerferlicht. Er hatte sich umgezogen. Schwarze Hose, schwarzer Rollkragenpullover. Er sah bleich aus. Er sah missmutig und übellaunig drein.

Goethe warf Saja einen Blick zu. »Wir werden das Kind schon schaukeln!«, sagte er.

Saja seufzte. »Nur noch heute Abend.«

Goethe lief leichtfüßig auf die Bühne. Er verbeugte sich. Die Jugendlichen gaben beifälligen Beifall. Das Flipchart stand am Platz. Goethe ging auf seine Position. Schiller setzte sich an den Tisch mit dem Stapel Papier, er rückte das Mikrofon zurecht. Fragte, ob er auch gut zu hören sei.

Goethe zog die Schutzkappe vom Stift und rechnete fest damit, dass er ein sexy Porträt von Christiane in sehr jungen Jahren skizzieren sollte. Aber das war nicht der Fall. Schiller schwieg. Dann riss er plötzlich ein Feuerzeug aus der Hosentasche und schrie:

»Alles Scheiße! Alles, alles, alte Scheiße!« Er setzte den ganzen Stapel Papier in Brand. Blitzlichter flackerten auf. Die Jugend grölte.

»Neue Menschen. Neue Texte«, rief Schiller. Er sprang auf, dass der Stuhl umflog, und riss das Mikro aus dem Stativ. Es schien so, als würde er gar nicht mit den Jugendlichen sprechen. Er zog die vierte Wand hoch und zelebrierte seine eigene Performance. Eine One-Man-Show, bei der Goethe nur zusehen konnte und absolut nicht wusste, was er zeichnen sollte. So machte er jedenfalls keine tolle Figur. Die Huggelmann gehörte so gut wie Schiller. Der erging sich in Zwei-Wort-Sätzen, begann zu trommeln und zu rappen. Das Publikum schnippte begeistert mit, schließlich sang Schiller: »Fass mich nicht an, nur weil ich Klassiker bin! Fass mich nicht an, weil ich ein Denkmal bin! Fass mich. Halt mich. Weil ich ich bin. Und nichts mehr werde!«

Abgeschmackt, dachte Goethe.

Diese Zuschauer sangen bald schon mit. Und Schiller schwitzte, rappte, schonte sich nicht. Der Sinn wurde dürftiger, die Worte heftiger.

Goethe verstand immer weniger. Sollte das Kunst sein? Oder einfach nur Blödsinn? Hatte Schiller wieder zu tief in die Pillenkiste gegriffen? Er warf einen Blick nach hinten zu Saja. Die klatschte und schnippte begeistert mit. Sie war hin und weg. Wie machte der Schiller das?

Na warte! Goethe begann zu zeichnen. Italienische Landschaften. Häuser, Bäume, Wege, dann Frauen, nackend, Männer, erregt, Schweine, Schafe, schließlich Autos, Flugzeuge, kopulierend. Es wurde gelacht. Galt das Goethes Bildern? Den kopulierenden Flugzeugen? Oder galt es der Schiller-Show? Wer konnte das schon sagen?

Erst beim Applaus nach der Schiller-Show merkte Goethe, wer hier abräumte: Schiller, Schiller und nochmals Schiller.

Der Sozialarbeiter läutete die Fragerunde ein. »Wir haben das vorbereitet, das ist jetzt für Sie beide etwas überraschend. Aber hier ist nun mal ein Rock-Keller und für echte Rockstars wie Sie beide beginnt die Show ja erst, wenn es spontan wird. Also, statt der üblichen Fragen aus dem Publikum haben wir ein kleines Spiel vorbereitet. Joschi und Lena werden Ihnen Fragen stellen, und das Publikum wird durch Klatschen bewerten, welche Antwort cooler rüberkommt. Am Ende gibt es dann eine kleine Auswertung, wer von Ihnen der King ist.«

»Cool«, lobte Schiller. »Das wollten wir auch schon immer wissen, oder?«

Steh mir bei, Daimonion, dachte Goethe. Am liebsten hätte er »Hören Sie mal!« gerufen. Stattdessen versuchte er es mit einem launigen »Krass respektlos«. Das kam aber nicht so richtig an.

»Sie sind aber doch dabei, Herr Goethe?«, fragte der Sozialarbeiter irritiert.

»Ja, ja, klar«, sagte Goethe und wünschte sich weit weg.

Die beiden Jugendlichen kamen auf die Bühne. In absurder Kleidung steckten sie. Das Mädchen war schwer übergewichtig. Der Junge verpickelt. Beide hockten sich auf die mitgebrachten Stühle, rückten die zwei zusätzlich installierten Mikrofone zurecht, und dann hagelte es mangelhaft vorgetragene Scherzfragen. Was sie mit einer Million machen würden, sollten Schiller und Goethe sagen. Ob sie ihre Frauen schon mal getauscht hätten, las das übergewichtige Mädchen mit monotoner Stimme von ihrem Zettel ab. Und so weiter und so fort. Es war entwürdigend.

Schiller brillierte mehr als einmal und hatte immer wieder die Lacher auf seiner Seite. Goethe kam ins Stocken. Schließlich blieb die große Abschlussfrage:

Schiller wurde gefragt, ob er seinem besten Freund den Schlüssel zu seinem Weinkeller überlassen würde.

»Hat er längst!«, sagte Schiller und lachte.

Goethe sollte sagen, ob er seinem Freund sein Auto leihen würde.

»Das würde ich ihm sogar mit Fahrer und Fahrtenbuch schenken, wenn es sein müsste«, sagte Goethe. »Und es ist mir völlig egal, was der Landesrechnungshof dazu sagt.«

Anerkennendes Gelächter wurde Goethe gezollt. Immerhin. Verloren hatte er nach Punkten dennoch. Schiller war der coolere Klassiker. Was für ein Preis.

Goethe verließ die Bühne und trollte sich zum Hinterausgang, während Schiller Saja am Büchertisch abholte und sich mit ihr ins wilde Tanzgewimmel zur einsetzenden Musik stürzte.

Das war es also, dachte Goethe. Er schleppte sich zurück Richtung Hotel, nahm unterwegs noch zwei runde Schnäpse in einer Kneipe, die aber seine trübe Stimmung nur weiter eintrübten und ihm ein schlechtes Gewissen machten, weil Saja doch den Genuss von Alkohol so strikt verboten hatte.

Erschöpft und frustriert rief er bei Christiane an. Er suchte Beistand. Doch alles, was er zu hören bekam, waren Vorwürfe. Dass er diese elenden Journalisten endlich verjagen solle. Immer wieder würde sie nach dieser Praktikantin gefragt. Wenn er das Techtelmechtel nicht bald beende, dann werde sie auspacken und einpacken und abhauen und dann könne er mal sehen, wohin er noch käme in seinem Alter.

Goethe ermahnte seine Angetraute, doch bitte mit der ganzen Packerei, aus oder ein, ganz egal, noch bis Sonntag zu warten, damit sie die Wahl nicht gefährde, denn ohne den Ministerpräsidenten stehe es ja auch für sie und den Wintergarten nicht zum Besten.

»Ich scheiß drauf!«, rief die aufgebrachte Christiane.

Goethe versuchte, das Gespräch im Frieden zu beenden, was aber nicht so recht gelingen wollte. Ihm fiel siedend heiß ein, dass er unbedingt noch etwas Feines für Christiane besorgen müsste. Die Fragen waren nur: Wo und was? In diesem Drecksnest Goslar würde er kaum noch etwas finden. Da müsste er schon die Ladenbesitzer aus den Betten klingen. Ausgeschlossen. Und der kommende Tag stand ganz im Zeichen des Brocken und des ›Faust‹.

Er schickte Eckermann eine Nachricht. Er solle ein Collier besorgen, so um die zwanzigtausend Euro dürfe es schon kosten, mehr aber nicht. Und er solle es dem Fahrer in einem Koffer mitgeben, falls der noch nicht unterwegs sei. Und Steffi solle bitte nicht mit Christiane sprechen.

Eckermann schrieb zurück, dass das mit dem Collier erledigt werde, dass Steffi aber verschollen sei.

Was hatte das nur wieder zu bedeuten? Gutes? Schlechtes? Schade war es sicherlich um Steffi. Aber Goethe hatte ihr nicht gesagt, dass sie untertauchen solle. Vielleicht war ihr dieser ganze Presserummel einfach zu viel geworden, und da war sie nach Jena gefahren oder zu Verwandten nach Berlin. Oder sie hatte bei ihren Großtanten Schiller Unterschlupf gesucht – das mochte sich Goethe allerdings lieber nicht vorstellen. Denn Friedrich wusste von nichts. Oder doch? Wusste er am Ende längst? Goethe fröstelte.

Er sah aus dem Fenster. Im Schein der Straßenlaternen kamen Schiller und Saja Arm in Arm auf das Hotel zugeschwebt. Unter seinem Fenster zog Schiller sie an sich und …

Goethe wandte sich ab.

Genug, dachte der Klassiker. Genug.

Er öffnete die Minibar, sah sich alles an, was tröstende Prozente hatte, versagte es sich, goss sich noch einen Hibiskustee auf, warf sich aufs Bett und schaltete den Fernseher so laut ein, dass er keinesfalls Geräusche aus dem Nebenzimmer hören würde.

Der Brocken

Der Fahrer war pünktlich. Immerhin.

Mit einer gewissen Genugtuung sah Goethe den stolzen Wagen in der Auffahrt des Hotels. Schiller und Saja würden gewiss noch schlafen. Er wollte ihnen eine Nachricht hinterlassen, als er das Hotel verließ, aber die Wirtin hatte ihrerseits einen Briefumschlag mit einer Nachricht von den beiden. Goethe hielt den Umschlag in Händen und zögerte, ihn zu öffnen. Was mochte darinstehen? Jetzt nicht, dachte Goethe. Gleich werde er ihn lesen.

»Ach so und Frau Huggelmann hat mich noch gebeten, Ihnen diese Adresse hier zu geben. Falls sie sich pinseln lassen wollen.« Die Wirtin reichte Goethe einen handschriftlichen Zettel mit der Anschrift und Telefonnummer eines Hals-Nasen-Ohren-Arztes.

Lieber stimmlos als gepinselt, dachte Goethe. Schon des Wortes wegen.

Er verließ das Hotel, genoss die frische Morgenluft und die sich öffnende hintere Tür seiner Limousine zu gleichen Teilen.

»Ich habe zwei Pakete vom Eckermännchen für Sie«, sagte der Kutscher und deutete auf den Beifahrersitz.

»Später, später, das hat alles Zeit«, sagte Goethe. Er wollte diesen Augenblick genießen. Die Morgenluft, das Hotel, der Wagen.

»Wie Sie wünschen, Meister. Und wohin geht es heute, Chef?«

Goethe überhörte die Respektlosigkeit in der Stimme seines Fahrers. Diese Kutscher waren Proleten durch und durch. Schon immer gewesen. Der Schiller glaubte ja an die ästhetische Erziehung. Goethe hielt das für ein aussichtsloses Unterfangen. Jedenfalls bei solchen Leuten wie seinem Kutscher. »Auf den Brocken.« Goethe ließ sich ins weiche Leder des Rücksitzes gleiten. Er fühlte sich prächtig: Die Stimme war männlich tief, sein Kopf dank des abendlichen Hibiskustees für die frühe Stunde ungewohnt klar, und das Leder des Autos entzog ihn den irdischen Niederungen und erhob ihn in einen quasi-elysischen Zustand luxuriöser Entrücktheit. Genau das war es, was er vermisst hatte.

»Die Straße ist aber nur mit Sondergenehmigung zu befahren, Meister«, kam der Kutscher mit grässlich bodenständigen Problemen.

»Die Sondergenehmigung bin ich«, sagte Goethe erhaben. Von so einem Unsinn wollte er sich sein Hochgefühl nicht verderben lassen. Dann rollte der Wagen endlich in schier geräuschloser Eleganz aus der Einfahrt des Goslarer Hotels. Durch die leicht getönten Scheiben war der Harz zu ertragen, fand Goethe. Im Innern dieser Knospe fühlte er sich seiner Seele gewiss, ja zu Hause, egal, welche Landschaft an den schützenden Scheiben vorüberzog. Er spielte mit dem Gedanken, ob er eine Klassik-Edition im Luxuswagen-Segment anregen sollte. Vielleicht konnte er diesen Autobauern doch noch den ein oder anderen Tipp geben, am Ende sogar noch ein paar schicke, dank ihrer Nutzlosigkeit als purer Luxus erkennbare Funktionen erfinden und seinen nicht enden wollenden Lebensabend so mit noch mehr Geld aufmöbeln. Warum nicht? Interessanter als Bergbau im Harz oder Thüringer Wald wäre so eine Autofabrik allemal.

Er hielt noch immer den Umschlag von Schiller und der Huggelmann in den Händen. Als der Wagen Goslar verließ, fühlte sich Goethe gewappnet. Er riss den Umschlag auf und las die knappen Zeilen von Schillers Hand.

Sie waren schon zum Brocken aufgebrochen, mit Sajas Wagen, um dem Sonnenaufgang zu huldigen. Schlafen werde ohnehin überschätzt.

Schiller, der Schuft. Er hatte es geschafft. Wahrscheinlich hatten sie die ganze Nacht … und vermutlich jetzt auch noch … zwischen den Kisten auf der Ladefläche. Die Klappe geöffnet, damit die Sonne auch zuschauen konnte. Schiller, die Sau, dachte Goethe.

»Schlechte Nachrichten?«, fragte der Fahrer, der ihn im Rückspiegel beobachtet hatte.

»Schweig er still und fahr!«, knurrte Goethe.

Es ging bergan. Der Wagen schnurrte die Straße hinauf, diese Steigungen waren kein ernst zu nehmendes Hindernis für die geballte Kraft unter der Haube. Und doch verschwand das Elysische aus dem Innern. Der Kutscher schaffte es nicht, was Schillers Zeilen geschafft hatten: Aus dem entrückenden Seelengefäß wurde wieder ein Auto mit Sitzen und einem Fahrer, der wieder einmal viel zu neugierig nach hinten guckte. Auch die Welt und schlimmer noch, die nächste Zukunft drangen nun durch die Ritzen ein. Die Atmosphäre entwich trotz den dicken Türdichtungen. Er war auf dem Weg zur wohl längsten Lesung aller Zeiten! Der ›Faust‹ komplett! Das war im Grunde kaum zu schaffen. Egal, ob gepinselt oder nicht.

Der Fahrer guckte schon wieder, und mit seinem Blick schaltete er Goethes alten Bekannten, das Lampenfieber ein. Ihm wurde doch etwas übel auf der kurvenreichen Strecke.

Am liebsten hätte er auf die Lesung verzichtet. Vor allem aber lag ihm diese Sache mit Schiller und der Huggelmann quer im Magen. Er hatte verloren. Es galt, den Dingen in die Augen zu sehen. Er hatte den Kampf um Saja verloren. Und im Schmerz, den er ob dieses Eingeständnisses empfand, spiegelte sich eben doch, wie viel ihm die pfiffige Buchhändlerin mit dem bezaubernden Körper bedeutet hätte.

»Diese Beine, diese Beine«, murmelte Goethe.

»Wie?«, fragte der Kutscher.

»Nichts, fahr zu!« Die Scheibe fehlte, dachte Goethe. Die Scheibe, die ihn vom Fahrer trennte. Nur wenn der Eckermann fuhr, wäre das unpraktisch gewesen, und einzig aus diesem Grunde hatte er bei der Bestellung des Wagens durch seinen Freund den Ministerpräsidenten auf dieses Ausstattungsextra verzichtet.

Goethe rechnete schon mit Schwierigkeiten auf dem Weg zum Brocken. Aber die Piste war frei für ihn. Ein angerosteter Kleinbus aus Göttingen wartete am Schlagbaum. Davor die Insassen, fröhlich picknickend. Jemand winkte seinem Wagen zu. Erst jetzt erkannte Goethe, wer diese Morgengesellschaft war: die Göttinger Sieben, die eilends ihre Decken zusammenrafften und sich beeilten, in ihrem Bus seiner Limousine zu folgen.

Oben auf dem im Grunde nicht sehr schönen und obendrein auch noch mit abartiger Bebauung verschandelten Gipfel war schon alles vorbereitet: Eine ausladende Freilichtbühne war vor dem Hotel aufgebaut. Nur der Stuhl und Tisch auf der Bühne waren mit einer Art Baldachin überdacht. Licht- und Tonanlagen, die für ein Stadion gereicht hätten, standen bereit. Die Bestuhlung samt Kissen und Decken war in gewaltiger, ja berauschender Anzahl vorhanden, und der Ausblick auf eine beachtliche Anzahl von Sitzplätzen war ergreifend. Der Harz dahinter war auch nicht schlecht.

Das Publikum trudelte schon ein, zu Fuß und mit Fahrrädern. Die Schmalspurbahn würde später eintreffen. Einzig die geladenen Ministerpräsidenten durften mit ihren Wagen herauffahren. Dass sie diesmal kommen würden, war an den schwarz gekleideten Sicherheitsdienstlern mit ihren ernsten Mienen und breiten Rücken deutlich zu sehen. Vorboten der Macht, nannte Goethe diese Gestalten bei sich und freute sich schon auf den beglückenden Augenblick ihrer Metamorphose. Dann nämlich, wenn der Ministerpräsident des Landes Thüringen und Freund des größten Schriftstellers deutscher Zunge sich zum vertraulichen Gespräch mit ebendiesem Freunde zurückziehen würde, dann wäre der Augenblick der Metamorphose gekommen. Wie aus dem abweisenden Stacheldraht im Blick der finsteren Männer auf einmal ein samtweicher Schutzschild aus menschlichem Plüsch wurde, das war einfach großartig. Doch die Ministerpräsidenten der drei Länder ließen auf sich warten.

Der Kleinbus hingegen kam den Berg heraufgejault und spuckte die Göttinger Sieben aus: Gut gelaunt wie eh und je, rieben sie sich die Hände, inspizierten die Technik und freuten sich über ihr glückendes Meisterstück.

»Schiller und die Buchhändlerin sind auch schon da!«, berichteten die hängenden Gärten der Semiramis, und sie ließen es sich nicht nehmen, Goethe aufs Herzlichste an sich zu pressen. »Sie sind einfach großartig. Wir haben so viel positive Rückmeldung erhalten. Also nicht nur, aber die kriegt man ja im Grunde nie.«

Der Kaktus runzelte die Stirn. Er sah nicht sehr zufrieden aus.

Der Jägersmann mit der noch immer grünen Hose hingegen war auch völlig aus dem Häuschen. »Was sagen Sie zu dieser Bühne, Herr Goethe? Was sagen Sie zu dieser Bestuhlung? Es sind jetzt doch zweitausend Plätze geworden. Zweitausend! Und jetzt raten Sie mal, wie viele Karten wir noch haben!«

Goethe öffnete den Mund und wusste nicht so recht, was er dazu sagen sollte.

»Nicht eine! Es ist ausverkauft!« Der Jägersmann klopfte ihm auf die Schulter. »Der Brocken gehört Ihnen, Herr Goethe. Sie sind wieder voll da, auf dem Gipfel, sozusagen, wenn ich mir diesen kleinen Scherz erlauben darf. Die Leute wollen Sie, sie wollen den ›Faust‹, egal, was vorher gelaufen ist.«

»Was ist denn gelaufen?«, fragte Goethe.

Die Physikerin verzog den Mund säuerlich. Offenbar wussten sie etwas mehr, als Goethe lieb sein konnte, aber was genau?

Aber der Jägersmann war nicht zu stoppen: »Ist das nicht ein großartiger Gag? Sie reisen auf der Route von Heinrich Heine, und Ihre Harzreise wird genau da enden, wo auch seine endete: am Frauenplan. Hoffentlich werden Sie freundlicher aufgenommen.« Der Jägersmann lachte schallend.

Goethe lächelte tapfer.

»Was macht Ihre Stimme?«, fragte die halbe Professorin.

»Geht«, sagte Goethe, und er hoffte inständig auf die positive Kraft der positiven Prophezeiung.

Sie schritten zum Soundcheck, und ab da war Goethe von sich selbst begeistert. So ein »Habe nun ach« hat der Brocken beileibe noch nie gehört. Sein heiseres Organ wummerte über den Harz, die Länder Thüringen, Sachsen-Anhalt und Niedersachsen, dass es eine wahre Pracht war. Auch die Sorgenfalten des Kaktus verwandelten sich in Freudestrahlen. Dies war Goethes Bühne. Dies war seine Welt. Die Göttinger Sieben sicherten sich sieben Plätze in der ersten Reihe, gleich neben denen, die für die Ministerpräsidenten der drei Länder reserviert waren.

Ein Übertragungswagen des Fernsehens kam auch noch auf den Berg geschnauft. Es war wunderbar. Es blieb noch etwas Zeit, die ersten Gäste setzten sich schon auf die Stühle in den vorderen Reihen. Goethe wurde ins Hotel gebeten, um sich bei einem Imbiss zu stärken und seine Stimme zu schonen.

Da sah er ihn sitzen. In der Nische am Fenster. Sein hoher, silbergrauer Schopf. Die Haare nach hinten gekämmt und bis auf die Schulter fallend. Schiller hielt sein Telefon in Händen und zitterte.

»Friedrich, was ist los? Wo steckt die Huggelmann?«, fragte Goethe zum Freund tretend.

Als Schiller ihn ansah, erschrak Goethe. Sein Gesicht war aschfahl. Er sah aus wie vom Tode gezeichnet. Schiller drückte auf eine Taste am Telefon und reichte es wortlos Goethe.

Goethe verstand zunächst nichts. Es war die Mailbox von Schiller. Darauf war nichts zu hören als Schluchzen. Das war eindeutig Goethes Patenkind Charlotte von Schiller. Dann erst gab sie den Hörer offenbar weiter an die rationalere Caroline. Diese sagte unmissverständlich, dass die Laborwerte nun da seien und Schillers Arzt zu einem sofortigen Krankenhausbesuch geraten habe. Schiller solle sich augenblicklich der Operation unterziehen. Es sei ein Wunder, dass er so lange durchgehalten habe. »Sofort ins Krankenhaus, Fritz. Sofort«, hörte Goethe Caroline auf Schillers Mailbox flehen. »Bitte. Sag alles ab. Wir haben schon einen Platz in Braunschweig oder einen in Göttingen, falls dir das lieber ist. Es kann sofort losgehen.«

Goethe ließ das Telefon sinken. Er hatte eine Menge Fragen, aber Schiller winkte ab.

»Diesmal könnte es knapp werden mit der Unsterblichkeit.« Schiller zwinkerte ihm zu und versuchte es mit morbider Lässigkeit, allein die Lässigkeit gelang ihm nicht so recht, fand Goethe.

Sie bestellten Hibiskustee und Rum, und Schiller schluckte unaufhörlich irgendwelche Pillen, von denen Goethe lieber nicht fragen wollte, was die bewirkten. Sie tranken still. Sie saßen still. Sie sahen aus dem Fenster auf den Harz. Das war er also, der Gipfel. Hierher hatte sie diese Lesereise geführt.

»Wie war deine Nacht?«, fragte Goethe, um das bedrückende Schweigen zu brechen.

Ein lichtwarmer Hauch von Leben huschte über Schillers Gesicht. »Ertragreich, würde ich sagen.«

Goethe schluckte. Warum hatte er das nur gefragt?

Endlich trat Saja zu ihnen. »Mein Auto ist hin!«, sagte sie. »Der Mechaniker kommt gleich hier rauf. Aber mit der Karre können wir dich nicht transportieren, Fritz. Soll ich einen Krankenwagen rufen?«

»Kommt nicht infrage«, sagte Schiller. »Das versaut Wolfgang doch den Auftritt. Ich fahre, wenn es sein muss. Aber dann in zivil. Wann geht denn der erste Zug runter?« Er zog ein Fläschchen mit Tropfen aus der Jackentasche und trank sie aus und schüttete den Rum direkt hinterher.

»Fritz!«, seufzte Saja. Aber ein Argument gegen diese Art der Medikamentierung fiel auch ihr im Augenblick nicht ein.

»Unsinn. Ich gebe euch meinen Wagen«, sagte Goethe.

»Samt Fahrer und Fahrtenbuch, ich weiß«, scherzte Schiller, an den gestrigen Auftritt erinnernd. Diese Tropfen und Pillen schienen gemeinsam mit dem Alkohol schnell zu wirken.

Goethe warf einen Blick aus dem Fenster. Der Wagen

stand abfahrtbereit hinter dem Gebäude. Nur der Fahrer war mal wieder nicht zu sehen. Dieser Kutscher! Mit Eckermann wäre das nicht passiert.

»Saja fährt dich!« Goethe warf dem Fräulein Huggelmann die Autoschlüssel zu. Sie reichte ihm mit leicht zitternder Hand die Schlüssel ihres Lieferwagens. »Wenn der Mechaniker mein Auto wieder flottkriegt, kannst du mit dem abreisen. Wir treffen uns heute Abend im Hotel Ilsetal.« Saja sah Goethe in die Augen.

Oh, diese Augen, dachte Goethe. Nie wieder wollte er den Blick von ihr abwenden. Jetzt sterben, das wäre es. Perfekter Augenblick.

Sie half Schiller auf die Beine und hauchte Goethe zu: »Ich werde auf dich warten!«

Schiller hob den Zeigefinger und raunte Goethe zu: »1788, mein Lieber. 1788! Das lass ich mir nicht noch einmal bieten! Du sollst nicht langen nach des Schillers Frauen! Egal, ob sie Caroline, Charlotte, Steffi oder Saja heißen! Und wenn es bei mir mit der Unsterblichkeit nicht hinhaut, Wolfgang: Hüte dich vor meinen Frauen! Nie wieder 1788. Nie wieder sollst du dich in die inneren Angelegenheiten der Familie Schiller einmischen! Es sind alle geimpft und informiert. Alle!«

Goethe schluckte. »Alle? Wer alle?«

»Steffi, Cotta, seine Assistentin, sogar unsere liebe Frau Huggelmann …« Schiller begann zu husten.

»Lass gut sein, Fritz, lass gut sein!«, hauchte Saja. »Er wird es schon verstanden haben.«

Goethe starrte den Freund an. Fassungslos. Hatte er die

ganze Reise tatsächlich inszeniert? Goethe Saja unter die Nase gehalten, nur um sie ihm auszuspannen? Um ihm eine Lektion zu erteilen? Ihm? Goethe?

In diesem Augenblick polterte ein ihm wohlvertrautes Organ durch den Hotelsaal: »Goethe, mein Lieber! Hier stecken Sie! Und der Schiller ist auch dabei!«

Der Ministerpräsident von Thüringen schwebte im Schutz seiner Stacheldraht-Männer in den Raum. Schiller und Saja entzogen sich eilends der Szene. Goethe hingegen ließ sich aufs Kumpelhafteste umarmen. Der Ministerpräsident sah prächtig aus in seinem blauen Anzug.

Sie setzten sich von den Stacheldraht-Männern eingeplüscht an den Tisch, an dem eben noch Schiller gesessen und geschimpft hatte.

Das sei ja eine grässliche Episode gewesen, hub der Ministerpräsident an, aber gut pariert habe Goethe und nun sehe es ja gar nicht schlecht aus für die Wahl. Ob er denn im Fall einer Wiederwahl mit einem Kulturstaatssekretär oder gar Kultusminister Goethe rechnen dürfe, wollte der Kandidat wissen. Nur einmal noch solle der Freund und Klassiker seinen Hut in den Ring werfen.

Ei freilich, dachte Goethe. Aber nur wenn ich auch so finstere Leibwächter bekomme, die hetzte ich dann den Webern und Heinrichs des Landes auf den Hals. Doch im Ernst fühlte er sich sehr geschmeichelt. Regieren. Das konnte schon etwas Feines sein, wenn man nur einen fähigen Finanzminister an der Seite hatte, dem die Schulden völlig egal waren.

»Wir brauchen Sie!« Der Ministerpräsident fasste Goethe

am Arm. »Sie haben das Zeug dazu, das Land Thüringen zu dem zu machen, was es ist: Mittelpunkt Deutschlands.«

Fast, dachte Goethe. Fast der Mittelpunkt. Dann brachte er die Sprache auf Klettverschlüsse und fragte, ob ein Verbot, verklausuliert durch Sicherheitsvorschriften, eine Chance habe.

Sein Freund runzelte die Stirn und sah ihn ziemlich ratlos an. »Klettverschlüsse?«

Doch weiter kamen sie nicht, denn nun stürmten die hängenden Gärten in den Raum, ließen sich auch von den schwarzen Männern nicht abwimmeln und rief: »Herr Goethe, wo bleiben Sie denn? Es geht los!«

Niemand bemerkte die Limousine, die sich nur wenig später am Publikum vorbei ins Ilsetal hinabschlich. Die Göttinger Sieben nicht und die zweitausend Augenpaare, Fernsehkameras und Mikrofone vom Rundfunk auch nicht. Goethe linste durch ein Loch im Vorhang. Zweitausend Zuhörer, Open Air auf dem Brocken. Und alle kamen nur für ihn und seinen ›Faust‹. Er war endlich wieder ganz oben. Zu ärgerlich, dass die Huggelmann das nicht sehen konnte. Viele alte, aber auch junge Gesichter, Studenten vermutlich, hatten sich auf den Weg zum Brocken gemacht, um ihn zu hören. Eine ganze Schmalspurbahnladung voller Goethe-Fans war gekommen. Und in der ersten Reihe saßen sie: seine drei Ministerpräsidenten. Als der Kameramann des Fernsehens sich näherte, setzten sie ihre intelligentesten Gesichter auf. Die Ministerpräsidenten Thüringens und Niedersachsens scherzten miteinander. Dann aber betrat der Jägersmann die Bühne und erzählte von der Harz-Lesereise. Berichtete, wie Cotta und die Göttinger Sieben die Idee gehabt und es gewagt hatten, die lebenden Legenden anzufragen. Auch der lächerliche Name Heinrich Heine fiel natürlich, um den dieser Hanswurst von einem Hobby-Literaten offenbar noch immer ernstlich trauerte. Er gab zum Besten, was er von Schülerinnen und Schülern gehört hatte, und behauptete steif und fest, ›Klassiker zum Anfassen‹ wäre jetzt schon legendär, würde sicherlich Schule machen und möglicherweise wiederholt werden.

Um Himmels willen, dachte Goethe. Natürlich nicht!

Doch dann hieß es Bühne frei für den größten Dichter deutscher Zunge und das größte Stück deutscher Literatur, sein Lebenswerk: »Hören Sie den ›Faust‹ nonstop, gelesen vom Autor höchstselbst!«

Tosender Applaus. Tosender Applaus, anders war es nicht zu nennen. Keinerlei Skepsis in den Gesichtern. Pure Bewunderung, Respekt, ja Liebe war es, die ihm entgegenschlug, ihn trug, ihn gleichsam auf die Bühne schweben ließ. Kein Lachen, kein Wackeln, keine Ironie in den Gesichtern. Dies waren seine Leute. Dies war der reine Geist des Goethe-Publikums. Er fühlte sich leicht. Unterstützt von dieser Woge aus Liebe und Anerkennung war alles möglich. Hier gab es nichts zu verlieren, selbst die Stimme würde von dieser gewaltigen Lautsprecheranlage und der Liebe und Reinheit des Publikums durch den Text getragen werden.

Das Licht war bunt, doch der Tag war noch so hell, dass er das Publikum gut sehen konnte.

»Ihr naht euch wieder, schwankende Gestalten«, sie sprachen es mit! Sie hätten fast geschunkelt vor Freude, als er diese berühmten Verse der Zueignung rezitierte. Er sah in sein Publikum, brachte es damit sofort zum andächtigen Schweigen. Sie hörten, sie sperrten ihre Seelen auf, um sie von ihm zum Klingen bringen zu lassen. Die Gesichter kamen ihm schon bald so vertraut vor, dass er glaubte, Steffi zu sehen. Nach Auerbachs Keller und Gretchens Stube war er sich sicher, dass es tatsächlich Steffi war. Achte Reihe, links. Neben ihr ein Mann. Das Gesicht kam Goethe ebenfalls bekannt vor. Sie hielten Händchen. Was sollte das?

»Nun sag, wie hast du's …«, einen Moment kam Goethe ins Stocken. »Mit der Religion?«

Das war sein Fahrer, verdammt! Der Kutscher und Steffi besaßen die Frechheit, hier Hand in Hand zu sitzen und ihm zu lauschen. Sich sozusagen ihm zu präsentieren.

Goethe las weiter den Text der Texte, die Worte, seine Stimme und das Mikrofon taten das ihre. Wieso war Steffi hier oben? Und warum schmiegte sie sich an seinen Kutscher an? Sollten sie und er …

Plötzlich wurde Goethe alles klar: Der Kutscher und Steffi, die steckten buchstäblich unter einer Decke. Aber warum? Wollte Steffi Goethe heimzahlen, dass er sie fallenlassen musste? So übel? Wollte sie ihn, seinen Ruf, seine Ehe, seine Existenz und seinen Ruhm vernichten? Und um das auszukosten, war sie hier heraufgekommen?

Kalter Schweiß brach Goethe aus. Er konnte nichts tun. Nur sieben Reihen vor diesem Pulverfass von einer Verbindung saß der Ministerpräsident, Goethes Freund, um die

Wahl mit seiner Hilfe doch noch zu gewinnen. Steffi wusste alles: Sie wusste über die Lustreisen für die Denkmalaffen ebenso Bescheid wie über die »Lex Goethe«, die er ihr in einer ziemlich schwachen Stunde in der Toskana vorgelesen hatte. Zu Steffi hatte er Vertrauen gehabt – geblendet war er gewesen, geblendet vom Schein ihrer Zähne und des Rückens. O Frauens, o Frauens, dachte Goethe, was haben sie mir das Leben so schön und so schwer gemacht.

Für einen Augenblick sah Goethe des Pudels Kern. Neben dem Fahrer. Da saß er. Der Kern. Nicht auf Steffis Seite. Auf der anderen. Kein Zweifel: Es war Weber! Sven Weber tuschelte mit dem Fahrer. War das die neue Quelle? Der Fahrer und Steffi? Wenn die sich Weber offenbart hatten, war er am Ende. Und auch der Ministerpräsident konnte die Wahl am nächsten Tag im Grunde nur noch verlieren, wenn Weber seine Informationen schon ins Netz gestellt hatte. Goethe wurde übel. Schwankende Gestalten. Bis zur Walpurgisnacht würde er schon noch schaffen. Dann aber brauchte er eine Pause. Nur kurz. Oder diese Tropfen und Pillen, die sich der Schiller dauernd reinpfiff, die schienen ja echt prima zu sein.

Doch der Applaus wischte diese Theorie der großen Verschwörung gegen ihn beiseite. Dieser Applaus war echt. Weber, Steffi und der Fahrer waren nicht mehr zu sehen. Vielleicht doch nur eine Eintrübung der beachtlich alten Augen? Das Publikum war ehrlich begeistert. Goethe hatte genug Bühnenjahre hinter sich, um das zu spüren. Nein, nein, ganz so schlimm war es wohl doch nicht um ihn bestellt.

Die Leute feierten ihn, fragten, wünschten Autogramme. Er signierte in den Pausen Bücher, T-Shirts, Postkarten und ein Gipsbein. Nur Steffi bekam er nicht zu Gesicht. Er schüttelte die Hände der drei Ministerpräsidenten und ließ sich Arm in Arm mit dem Freund aus Erfurt filmen und ablichten. Er war zurück. Jetzt noch die Wahl gewinnen und dann das Haus endlich, endlich umbauen. Über Steffi würde er sich mit Schiller schon irgendwie einig werden. Zur Not würde er ihr einen Posten an der Uni in Jena verschaffen, das hatte noch immer funktioniert.

Auf dem Weg zur Toilette traf er sie. Steffi und den Kutscher. Goethe war etwas überrumpelt. Die beiden nicht. Sie schienen sich ihrer Sache verflixt sicher zu sein.

»Wir sind dann mal weg«, sagte Steffi. »Richte Onkel Fritz einen Gruß von mir aus!«

»Steffi!«, sagte Goethe. »Wie geht es dir? Ich sehe, du hast einen Tröster gefunden. Lass uns doch Freunde …«

»Ne, ne, das ganze Gelaber können Sie sich sparen, Herr Goethe!«, schnauzte der Kutscher ihn an. »Und nur dass eins klar ist: Sven Weber ist ’n alter Kumpel von mir.«

Goethe schluckte. Sein Kutscher war groß und breit, und Goethe war alt. Eine Faust würde hier nicht weiterhelfen, und mit Verstand war dem Kerl nicht beizukommen, das wusste Goethe.

»Wollt ihr mich ruinieren, Kinder?«, hauchte er. Ob ihm einer von den beiden die Opferrolle abnahm? Konnte er noch auf so was wie Mitgefühl hoffen?

»Mach’s gut, Goethe!«, hauchte Steffi und er glaubte doch noch etwas von der Wärme der toskanischen Nächte darin zu hören. Aber vielleicht war es auch nur die Klospülung der Herrentoilette, vor der sie standen.

Es blieb ihm nichts, als sie ziehen zu lassen und auf ihr Schweigen zu hoffen. Er selbst wollte, er musste nach dieser Pause zurück auf die Bühne. Irgendwie kamen ihm die beiden wie zwei tickende Zeitbomben vor. Andererseits: Wen würde Goethes Bettschätzchen schon noch interessieren, wenn die Wahl am Sonntag erst gewonnen war? Das Private würde zurück ins Private gleiten, da war sich Goethe sicher. Würde er selbst eben für ein halbes Jahr den Kopf etwas einziehen, auf das Ministerium lieber verzichten, dann vergaßen die Leute schnell, was da einmal gewesen war. »Gehet hin in Frieden«, murmelte Goethe, um zumindest das letzte Wort zu haben.

Ein Mechaniker trat aus der Herrentoilette. Er suchte eine Frau Huggelmeier.

»Huggelmann«, sagte Goethe. Er reichte dem Mann die huggelmannschen Autoschlüssel. »Der Lieferwagen aus Erfurt ist zu reparieren.«

»Wird gemacht, Herr Huggelmann.«

Mit der hereinbrechenden Dunkelheit kreiste ein Helikopter über dem Ilsetal. Auch ein Martinshorn war zu hören. Und bald schon kam die Kunde. Etwas war passiert. Etwas, was Goethe betraf. Die Göttinger Sieben tuschelten. Dann schickten sie den Kaktus auf die Bühne.

Goethe brach ab.

»Ihr Freund Schiller ist heute Nachmittag tödlich verunglückt. Ich weiß nicht, ob Sie jetzt noch weiterlesen wollen.«

»Seine Begleiterin?«, fragte Goethe.

»Von der weiß ich nichts.«

Goethes Hände begannen zu zittern. Schiller tot. Einfach so. Auf dem Weg in die Klinik. Nein, er würde nicht mehr weiterlesen.

»Ich muss los«, sagte Goethe.

»Wir können Sie fahren!«, sagte der Kaktus.

»Nein, nein, es geht schon, übernehmen Sie nur hier den Abgang«, sagte Goethe. Er stand auf. Schwankte etwas. Verneigte sich kurz. Niemand wusste, ob Applaus angebracht wäre. Daher verließ Goethe unbeklatscht diese größte Bühne seines an großen Bühnen nicht armen Lebens, während der Kaktus das Mikrofon nahm und die schweigenden Zweitausend informierte.

Goethe kletterte in die Fahrerkabine des reparierten Lieferwagens. Er fuhr sofort ins Ilsetal. Blaulicht, Polizei, Feuerwehr und ein Rettungswagen standen auf der Straße. Der Hubschrauber war unverrichteter Dinge abgeflogen. Goethes Wagen irgendwo im Wald vor einem Baum. Die waren beide hin. Der Wagen und der Baum.

Ein Polizist winkte ihn weiter. Aber Goethe stoppte am Fahrbahnrand.

»Fahren Sie weiter!«, herrschte der Beamte ihn an und leuchtete mit seiner Taschenlampe in Goethes Gesicht.

»Ich bin Angehöriger«, sagte Goethe.

»Sie sind Goethe!«, entfuhr es dem Polizisten. »Entschuldigen Sie. Bleiben Sie einen Augenblick im Wagen.« Er kam auf die Beifahrerseite. Setzte sich neben ihn.

»Das ist Ihr Wagen, oder?«

»Schiller musste dringend ins Krankenhaus. Wo ist er? Wo ist Fräulein Huggelmann?«, gab Goethe zur Antwort. Sein Hals war trocken.

»Frau Huggelmann hat Glück gehabt. Sie war im Wagen eingeklemmt und konnte sich nicht selbst befreien, ist aber nicht schwer verletzt. Sie hat einen Schock und ist im Krankenhaus. Aber Ihr Freund, der saß am Steuer. Der hat es leider nicht geschafft. Der muss den Weg hier runtergedonnert sein, und betrunken war er vermutlich auch, so wie es gerochen hat, als wir den Wagen geöffnet haben.«

Der Beamte sah Goethe von der Seite an. »Das ist jetzt blöd für Sie und echt gegen meine Vorschriften. Wir haben etwas gefunden. Auf dem Beifahrersitz. Ein leeres Fahrtenbuch.«

Goethe hörte gar nicht richtig hin. Das war ihm so egal wie nur was. Aber der Polizist blieb ernst.

»Ich weiß ja, dass Sie selbst Jura studiert haben, aber das ist ja schon eine Weile her. Herr Goethe, Sie sollten sich um einen verflixt guten Anwalt kümmern. Vorhin war auch einer von der Presse da. Ein Weber oder so. Der hat ein Foto gemacht und ist dann mit seinem Kumpel und einer Frau abgehauen, und ich fürchte, dass der den gelben Klebezettel gesehen hat.«

Goethe verstand gar nichts. Er verstand, dass Schiller tot war. Er wollte nichts mehr hören. Dienstwagen waren ihm egal. Wieso Anwalt? Goethe hatte Schillers Tod nicht verursacht. Diese Drogen waren es vielleicht. Schillers Leiden. Sein Übermut und sein grenzenloser Optimismus, der ihn glauben ließ, dass er den Wagen noch fahren konnte.

Warum war Schiller selbst gefahren? Warum nicht Saja, wie sie es verabredet hatten?

»Ich zeige Ihnen das jetzt, Herr Goethe. Aber Sie dürfen niemandem sagen, dass Sie das gesehen haben.« Der Polizist holte eine Plastiktüte hervor. Darin ein druckfrisches Fahrtenbuch. Er nahm es aus der Tüte und blätterte es auf. Die Seiten waren leer. Auf dem Deckel klebte ein gelber Zettel, auf dem von Eckermanns Hand geschrieben stand: »Wie verabredet. Von Ihnen zu füllen. Mit Dichtung und Wahrheit.«

Wie witzig, Eckermann, dachte Goethe noch. Dann rollte endlich eine Träne über seine Wange.

»Den Schmuck müssen wir leider auch beschlagnahmen«, sagte der Polizist.

»Der ist für meine Frau«, sagte Goethe.

»Tut mir leid. Bis die Unfallursache geklärt ist, ist er ein mögliches Beweismittel. Da kann ich nichts machen.«

Goethe seufzte. Er wollte nach Hause. Nicht ins Hotel. Und zwar sofort. Er würde nach Weimar fahren. Im Lieferwagen der Buchhändlerin. Er würde Christiane mit leeren Händen gegenübertreten und ihr mitteilen, dass der geliebte Freund und Weggefährte nicht nur seinen Dienstwagen verbotenerweise gefahren, sondern ihn auch noch verschrottet und dabei das Leben gelassen hatte. Was für ein grässlicher Auftritt am Frauenplan würde das werden!

Erst spät in der Nacht erreichte er mit dem notdürftig zusammengeschusterten Lieferwagen Weimar. Er ließ die Kiste lieber vor der Einfahrt stehen. Sein Haus war dunkel. Goethe schloss die schwere Eingangstür auf und stieg die verschwenderisch flachen, ästhetisch formvollendeten Holzstiegen empor.

»Selber *salve!*«, murmelte er und schloss die Tür auf.

Christiane war nicht in ihrem Zimmer. Ihre Schränke waren leer. Auf dem Tischchen lag ein Brief.

»Mir reicht's!«, stand da.

Daneben lagen ein Stapel mit Fotos und ein Zettel mit einem Link.

Diese Fotos konnten doch nicht echt sein. So tief konnte Goethes Nase nicht in Sajas Ausschnitt gesteckt haben! Ausgeschlossen. Das musste eine Montage sein. Andererseits: Er mochte die Bilder. Irgendwie sollten sie keine Montage sein. Sie erinnerten ihn an Klopstock.

Der Link lautete www.goethe-flippt-aus.org. Ihm schwante nichts Gutes. Er schaltete sein Handy ein. Sofort hagelte es Nachrichten.

Eckermann entschuldigte sich zutiefst dafür, dass er seinen Müll trennte. Sven Weber frohlockte, dass er zwei Fahrtenbücher von Goethe habe, und verlangte eine Stellungnahme von ihm. Der Journalist hatte doch glatt in Eckermanns Altpapiertonne gewühlt. Diese Müllsortiererei hatte Goethe noch nie leiden können. Nun führte sie schnurstracks ins Verderben. An allem waren diese Umweltschützer von der falsche Partei schuld. Der Ministerpräsident hatte ebenfalls eine Nachricht geschrieben. Er verwies auf die Seiten www.goethe-flippt-aus.org sowie auf den großen Bericht auf der Homepage der Zeitung und distanzierte sich explizit von Goethes Machenschaften. Pressereferent Schmitz hatte direkt hinterhergemailt und empfahl Goethe die sofortige Vernichtung sämtlicher Unterlagen, Geschäftsbriefe und Festplatten. Im Grunde, schrieb er, wäre ein Brand am Frauenplan das Einzige, was Goethe und dem Land jetzt noch dienen könne, und selbst da sei sich Schmitz nicht ganz sicher. Er solle nur bitte, bitte nichts mehr, wirklich nichts mehr in der Öffentlichkeit sagen. Und Öffentlichkeit sei nun einmal alles außerhalb seines Hauses. Er solle seinen Schwanz im Zaum halten und der Rest sei, um mit einem wahrhaft großen Dichter zu sprechen, eben Schweigen.

Goethe gab die Adresse in den Browser ein. Es waren zwei Filme auf die Seite geladen worden. Im einen rannte er auf eine Kamera zu und schrie: »Drecksack!« Das war Klopp-Stockmann gewesen. Eindeutig erkannte Goethe das Hotel wieder.

Der zweite Film war noch schlimmer. Hier waren Schüler zu sehen. Bei einer Lesung. Dann er. Wutentbrannt schrie er ein Mädchen an: »Was gibt's da zu lachen, Kröte? Ich hab die Schnauze dermaßen voll von euch, dass ich kotzen könnte! Welcher Vollidiot hat eigentlich die Prügelstrafe abgeschafft? Wenn es nach mir ginge, würde ich euch alle übers Knie legen!«

Und so weiter und so weiter. Er brüllte direkt in die Kamera. Goethe schwitzte. War das wirklich er? Wie würde er da nur wieder rauskommen? Mit der Unzurechnungsfähigkeit seiner Umgebung konnte er hier nicht mehr argumentieren. Aus dem Zusammenhang gerissen – vielleicht zog das? Nur: in beiden Fällen wollte er die Zusammenhänge lieber nicht der Öffentlichkeit preisgeben.

Diese allgegenwärtigen Kameras waren einfach Mist. Alles war öffentlich. Alles. Und das für immer. Die »Lex Goethe«, das beste Stück Text, das er in den letzten hundert Jahren zustande gebracht hatte, konnte er vergessen. Für sein Engagement in der Bildungspolitik sah es ebenso übel aus wie für die Wahl. Diese Kameras, dachte Goethe, die sind der Niedergang der politischen Kultur.

Goethe setzte sich mit dem Handy in der Hand in seinen Lehnstuhl neben dem Bett. Bis zum Morgengrauen las er alles, was er über sich im Netz finden konnte. Immer wieder wurde der Bericht von Sven Weber zitiert. Alles hatte dieser Weber herausgefunden. Alles. Steffi und der Fahrer hatten eben doch ausgepackt, während Goethe noch den ›Faust‹ gelesen hatte. Alles lag nun offen zutage: Die Fahrten, die Umbaupläne, der Streit mit Heinrichs und natürlich der Entwurf zu Paragraf 13a des Thüringer Gesetzes zur Pflege und zum Schutz der Kulturdenkmale, mitsamt dem nicht mehr ganz so lustigen Namen »Lex Goethe«.

Schreiben konnte er, dieser Weber, das musste Goethe ihm lassen. Wie er seine Zitate einbaute, das machte er schon sehr geschickt. »Das größte Denkmal Deutschlands bin immer noch ich!«, hatte Goethe ihm gesagt. Ja, das hatte er wohl mal gesagt. Sofort wurde er mit dem Kölner Dom verglichen. Na und? Was war da schon bei? Geistig gesehen war er dem Gemäuer doch haushoch überlegen. Aber ob er diesen Beweis in seinem Leben noch antreten sollte?

Als die Sonne über die Dächer kroch, klingelte sein Telefon. Cotta rief an.

Cotta persönlich.

Nicht seine Assistentin.

Cotta heulte. Wegen Schiller, klar. Er bereute diese ganze Reise, die ja Friedrichs Idee gewesen sei, weil er noch einmal richtig einen draufmachen wollte und die Huggelmann aus Erfurt endlich ins Bett zu zerren gedachte. Auf die sei der Schiller ja schon seit einem Treffen auf dem Messe-Empfang des Verlages scharf gewesen. Aber Cotta heulte noch viel lauter, als er auf Goethes neue Ideen zu sprechen kam.

»Ich habe das alles gelesen. Das ist furchtbar, das kann ich gar nicht glauben, dass das von Ihnen ist. Bitte, bitte vernichten Sie das alles. Sie ruinieren Ihren Ruf als Schriftsteller vollständig. Bitte bieten Sie das auch nicht Campe oder sonst einem Verlag an. Das gibt ein Desaster mit bleibenden Schäden für Ihren Status als Klassiker und Schulautor. Es kam mir so vor, als hätten Sie vollständig den Verstand verloren. Haben Sie schon mal an ein Pflegeheim gedacht? Da gibt es doch inzwischen …«

Goethe drückte ihn weg.

Er legte sich ins Bett.

Die Sonne schien zum Fenster herein.

Es würde ein schönes Wochenende im friedlichen Thüringen werden. So ein Wetter ist gut für die Wahlbeteiligung, dachte Goethe noch. Aber das ging ihn ja alles nichts mehr an, letztlich.

Der Klassiker schloss die Augen. Das wäre jetzt schon wieder ein schöner Moment, in dem er sanft entschlafen könnte, dachte er. Er starb aber nicht. Und das mit dem

Schlaf klappte auch nicht, weil er vergessen hatte, den schweren Vorhang zu schließen. Nun blendete ihn die Morgensonne durch die geschlossenen Augenlider.

Zu viel Licht, dachte Goethe und stand wieder auf.